Claire McNab

Der Trick

Claire McNab

Der Trick

Offensive Krimi

aus dem amerikanischen Englisch
von Gerlinde Kowitzke

Frauenoffensive

1. Auflage, 2000

Originaltitel: Set up

(Metzstr. 14 c, 81667 München)

ISBN 3-88104-332-2

Druck: Clausen & Bosse, Leck
Umschlaggestaltung: Erasmi & Stein, München

Dieses Buch ist gedruckt auf Papier aus chlorfrei gebleichtem Zellstoff.

Die Personen

Carol Ashton	Kriminalkommissarin
David	Carols Sohn
Justin Hart	Carols Exmann, Anwalt
Eleanor Hart	Justins Frau
Mark Bourke	Kriminalinspektor
Pat Bourke	Marks Frau, Galeristin
Anne Newsome	Kriminalmeisterin
Sam Goolwa	Kriminalmeister
Mr. Edgar	Kripochef
Loren Reece	Journalistin
Felicity Banning	Witwe
Phyllis Cardover	Witwe
Jonathan Cardover	Phyllis' Sohn
Marilyn Slade	Krankenschwester
Bonnie d'Arlene	Umweltschützerin
Phoebe Yarmelle	Umweltschützerin
Gerald Fitch	Umweltschützer
Dick Juno	Geschäftsmann
Nick Paramentis	Junos Bodyguard
Sarah	Carol Ashtons Tante
Sybil Quade	Lehrerin
Madeline Shipley	Fernsehmoderatorin
Tom Keys	Reporter

Prolog

„Da sind sie. Halt die Scheinwerfer drauf."

Grelles Scheinwerferlicht flammte auf dem Allradfahrzeug auf, das auf dem holprigen Gelände mit quietschenden Bremsen stoppte. In blinder Panik stob eine Herde grauer Känguruhs in alle Richtungen auseinander. Der junge Nachwuchs außerhalb des Beutels rannte, was das Zeug hielt.

Der Mann stützte sich auf den Schießbügel über dem Fahrer- und Beifahrersitz. Der Schuß krachte dumpf in die kühle Nacht. Ein großes Känguruhmännchen stolperte und stürzte zu Boden, der Scheinwerfer erfaßte den tiefroten Blutstrom. „Getroffen", rief der Schütze und reckte triumphierend den Arm.

Verborgen vom Dunkel der Nacht und übertönt vom Röhren des Geländewagens hatte sich der Motorradfahrer hinter das Allradfahrzeug gesetzt. Der Fahrer richtete sich auf und spähte durch das Nachtsichtfernrohr.

Der Schuß klang heller, schärfer, doch das Ergebnis war das gleiche. Blut strömte aus dem Hals des Mannes. Einen Moment lang schien er verwundert innezuhalten, dann fiel er mit einem dumpfen Schlag rückwärts in den Geländewagen.

„Getroffen", flüsterte der Motorradfahrer in die Dunkelheit.

1

Der Gesichtsausdruck des Direktors über den aneinandergelegten Fingerspitzen war ernst und unnachgiebig. „Ihr Sohn ist einer der fünf Jungen, die für die Dauer unserer gründlichen Untersuchung suspendiert sind. Sollte sich unser Anfangsverdacht bestätigen, wird er von der Schule verwiesen, so leid es mir tut."

Carol blickte zu ihrem Exmann. In den langen Jahren seit ihrer Scheidung war Justin einer der Topanwälte Sydneys geworden; der wachsende Erfolg und das gute Leben hatten sichtlich bei ihm angesetzt. Auch auf seine früher so entwaffnende Art hatte der Erfolg abgefärbt. Inzwischen schien er zu erwarten, daß man ihn als VIP behandelte, als jemanden, dessen Worten besondere Aufmerksamkeit geschenkt wird. Die Umgebung – dunkel getäfelte Wände und Regale mit ledergebundenen Bänden – war ihm wohlvertraut, nicht so die Situation, in der er sich zum erstenmal eindeutig im Nachteil befand. „Aber das Vorgehen der Schule ist zweifellos etwas vorschnell", sagte Justin mit diesem tiefen Bariton, der bei Zeugen und Geschworenen gleichermaßen wirkte.

Das elegante Leder seines Sessels quietschte, als er sich vorbeugte und mit Überzeugungskraft hinzufügte: „Ich sehe keinen zwingenden Grund, meinen Sohn zu diesem Zeitpunkt zu suspendieren. Es würde seine Leistungen beeinträchtigen. Natürlich verstehe ich, daß es Regeln geben muß, aber bei großzügiger Auslegung wäre vielleicht –"

„Mr. Hart“ fiel ihm der Direktor mit unverändert ernster Miene ins Wort, „seien Sie versichert, daß wir derartige Schritte nicht unternehmen würden, gäbe es nicht den begründeten Verdacht, daß Ihr Sohn nicht nur Marihuana für den Eigengebrauch in die Schule mitgebracht, sondern auch Mitschüler damit versorgt hat.“ Er blickte zu Carol hinüber. „Kommissarin Ashton, bestimmt haben Sie erfahren, daß ich die ganze Sache in die Hände der Polizei gelegt habe.“

Gestern am späten Nachmittag hatte Carol den bestürzten Anruf des für die Schule zuständigen Polizeireviers bekommen.

„Allerdings“, antwortete sie. „Ich begreife sehr wohl, daß Sie es für Ihre Pflicht hielten, diesen Schritt zu tun.“

Justin runzelte die Stirn. „Wenn Sie gestatten, ich bin da nicht Ihrer Ansicht; meines Erachtens wird hier aus einer Mücke ein Elephant gemacht.“ Er spreizte die Finger. „Ich meine – Marihuana? Meine Güte, es ist doch nicht Heroin!“

„An unserer Schule gilt die Null-Toleranz-bei-Drogen-Politik. Ich kann da keine Ausnahme machen.“ Der Direktor legte die Handflächen auf die Tischplatte, als wolle er sich erheben und das Gespräch beenden.

Carol stand auf. „Vielen Dank, daß Sie sofort mit uns gesprochen haben. Sie verstehen gewiß, daß uns diese Beschuldigung in große Sorge versetzt.“

„Sicher. Und ich vermute, daß David sich in diesem Moment noch schlechter fühlen dürfte als seine Eltern.“ Der Direktor gestattete sich den Anflug eines Lächeln.

Draußen vor dem gediegenen Büro überprüfte Justin den Sitz seiner Seidenkrawatte im Spiegel und bemerkte über die Schulter: „Du siehst gut aus, Carol.“

„Danke.“

Bei ihrem trockenen Ton mußte er grinsen. „Ich meine, was ich sage. Du hast Stil. Niemand würde dich für eine Polizistin halten."

„Das soll wohl ein Kompliment sein, nehme ich an?"

„Allerdings." Justin nickte der Empfangsdame mittleren Alters hinter ihrer Mahagonitheke zu und eilte zum Portal. „Carol, ich erwarte, daß du die polizeiliche Sache regelst", sagte er draußen.

„Regelst?"

Er drehte sich abrupt um und sah sie an. „Ich werde nicht zulassen, daß mein Sohn wegen dieser Bagatelle bestraft wird."

„Er ist *unser* Sohn, Justin. Und, nein, ich werde nicht meine Verbindungen spielen lassen. Wenn David dumm genug ist, sich so etwas einzubrocken, soll er die Suppe auch auslöffeln."

Das Gesicht ihres Exmannes lief rot an. „Du lieber Himmel, du bist Kriminalkommissarin. Es wäre für dich bloß ein Anruf. Willst du etwa, daß die Sache öffentlich wird? Für die Medien ein gefundenes Fressen."

„Nur wenn es gerade nichts Besseres gibt." Carol gluckste amüsiert. „Wir können nur hoffen, daß irgendein Riesenskandal ihre Aufmerksamkeit ablenken wird."

„Carol, es ist zu deinem und Davids Besten, die Sache unter der Decke zu halten."

„Und für den Namen Justin Hart? Da spielt es wohl gar keine Rolle?"

Er starrte sie an, dann verzog sich sein Gesicht unwillkürlich zu einem Grinsen, bis sie den Anflug des Charmes wahrnahm, der sie vor langer Zeit einmal betört hatte.

„Vielleicht hast du recht", sagte er. „Es gibt eine Menge Kollegen, die mir gern was am Zeug flicken würden. Also, was wollen wir in bezug auf David unternehmen?

Ich habe gestern abend versucht, mit ihm zu reden, aber das hat nichts gefruchtet. Eleanor sagt, ich sei viel zu streng mit ihm."

Eleanor, Justins zweite Frau, war äußerst angenehm, und Carol schätzte sie sehr. Auch wenn sie des öfteren wegen ihrer Beziehung zu David einen Anflug von Eifersucht empfunden hatte, war sie doch stets dankbar, daß Justin sich eine so feine Frau als Davids Stiefmutter auserwählt hatte.

„Ich möchte, daß David das Wochenende bei mir verbringt", sagte sie.

„Die mütterliche Regung?" Ein höhnischer Unterton lag in Justins Stimme. Dann sagte er zerknirscht: „Tut mir leid. Diese Sache hat mich kalt erwischt. Noch nie hat es mit David Probleme gegeben. Ein traumhaftes Kind." Er verzog das Gesicht. „Und jetzt müssen wir zu allem anderen auch noch eine passende neue Schule finden. Das könnte schwierig werden – unter diesen Umständen."

Wie Carol wußte, meinte Justin mit *passend* eine exklusive, teure private Highschool für Jungen, die in der richtigen Gesellschaft das rechte Ansehen genoß. „Wir könnten ihn in einer städtischen Schule anmelden", sagte sie, obwohl sie wußte, daß das für ihren Exmann nie in Frage käme.

„Du beliebst zu scherzen." Er schob den Ärmel seines eleganten Anzugs ein wenig hoch und sah auf seine goldene Uhr. „Ich muß in einer halben Stunde im Gericht sein. Ruf Eleanor an und verabrede dich wegen David mit ihr, ja? Sie hat morgen früh in deiner Gegend zu tun, da kann sie dir David vorbeibringen."

Irritiert sah ihm Carol auf dem Parkplatz nach. Sie war sicher, daß Justin über Davids Missetat genauso betroffen war wie sie. Aber sie war ebenso überzeugt, daß David diese tiefe Betroffenheit seines Vaters gar nicht wahrnehmen würde, nur den Ärger an der Oberfläche.

Justin winkte ihr zu, als er seinen kastanienbraunen Jaguar aus der Parklücke setzte. Einen Augenblick lang genoß Carol die friedliche Stille. Vor dem Wind geschützt, hatte die Wintersonne solche Kraft, daß ihr das maßgeschneiderte blaue Jacket heute schon fast zu warm war. Sie ließ den Blick über das gepflegte Gelände gleiten. Der Platz, an dem sie stand, war für den Rektor und Besuch reserviert, ihr schlichter Wagen wirkte neben den Luxuskarossen ziemlich deplaziert. Beim Fahren nahm sie wahr, daß Lehrkräfte und Schulpersonal auf einen Parkplatz abseits des schicken Hauptgebäudes verbannt und die Transportmittel dort ebenso schlicht waren wie ihres.

Ehe sie auf die Straße fuhr, zog sie ihr mobiles Telefon hervor. „Ich bin auf dem Weg ins Büro. Gibt's irgendwas Neues?"

„Ich komme gerade von der Autopsie Bannings", sagte Mark Bourke. „Sieht aus, als hätten wir's mit einem Profi zu tun. Zwei Schüsse aus einer Zweiundzwanziger von unten in den Schädel haben ihm das Gehirn zerfetzt."

„Na toll. Und ich hatte gehofft, daß es diesmal leicht würde."

Bourke lachte über ihren angespeisten Ton und fügte hinzu: „Und das ist noch gar nicht das Schlimmste. Der Kripochef sucht dich bereits. Es geht um PR. Offenbar ist da eine Journalistin, die dich für einen Artikel interviewen will."

„Warum mich? Wie steht's mit dir, Mark? Du kannst das an meiner Statt tun. Ich weiß, du wirst all die richtigen Dinge sagen."

„Bedaure", entgegnete er, „was die will, sind Frauen im Polizeidienst und all das."

Carol zog einen Flunsch. Sie hatte drei ungelöste Mordfälle am Hals und keine Zeit, sich um die PR der Kripo von New South Wales zu kümmern, auch wenn das nach den neuesten skandalösen Enthüllungen der Integritätskommission bitter nötig war. „Wie steht's mit Anne? Sie wäre ideal."

Anne Newsome wäre die perfekte Interviewpartnerin. Sie war jung, engagiert, vielversprechend. Außerdem hatte sie ein gutes Gespür, einen kühlen Verstand, und man konnte sich darauf verlassen, daß sie nichts Kompromittierendes sagen würde.

Carol gratulierte sich im Geist bereits für ihren gelungenen Vorschlag, als Bourke abwinkte. „Guter Coup, Carol, doch es trifft nun mal dich. Es geht um einen internationalen Bericht über Frauen in Leitungspositionen bei der Polizei."

Carol konzentrierte sich auf den dichten Freitagmorgenverkehr, verdrängte die kleine Unannehmlichkeit, sich irgendeiner leichtgewichtigen Journalistin widmen zu müssen, und befaßte sich mit den wichtigen Dingen des Tages. Gestern morgen hatte die Frau des hochkarätigen Geschäftsmannes Walter Banning ihren Mann tot am Steuer seines silbernen Rolls-Royce aufgefunden. Er hatte einen Kopfschuß bekommen und war sofort tot gewesen. Die Wagenschlüssel steckten, der Motor lief, und das Garagentor stand offen. Weder aus dem Wagen noch aus den Taschen des Toten war etwas entwendet worden, auch nicht die Banknoten in Bannings Brieftasche. Die Rolex saß noch an seinem Handgelenk und der Brillantring am kleinen Finger der linken Hand. Anscheinend hatte niemand etwas gehört oder gesehen, und Carol schwante, daß dies ein zeitraubender kniffliger Fall werden dürfte.

Im allgemeinen nahmen sie als erstes die dem Toten am nächsten Stehenden unter die Lupe, denn nirgendwo existierten mehr Ressentiments und größerer Haß als in engen Privatbeziehungen. Dieser Mord war offensichtlich mit kühlem Kopf sorgfältig geplant, und man konnte einen speziellen Vorteil oder Gewinn voraussetzen. Noch hatten sie keine Bestätigung der Gerüchte, Banning sei fremdgegangen, woran nach Carols Erwartung bestimmt etwas Wahres war. Wenn ja, fiel der Verdacht automatisch auf Bannings Frau.

Vielleicht hatte Felicity Banning einen Liebhaber, der den störenden Ehemann aus dem Weg geräumt hatte. Was auch immer sie herausfinden mochte, dies war ein verzwickter Fall mit einem hochkarätigen Opfer, dem Boss eines multinationalen Unternehmens namens Banning & Cardover. Außer seiner Frau müßten sie eine Anzahl Mitarbeiterinnen und Mitarbeiter sowie Geschäftsfreunde befragen, von denen sicherlich viele einen Grund hatten, ihn zu beseitigen.

Sogar in der rücksichtslosen Geschäftswelt war Banning für seine Kaltschnäuzigkeit bekannt. Sein Partner Cardover, der sehr viel älter war, hatte kürzlich einen Schlaganfall erlitten und war gelähmt, aber er war schon seit Jahren nicht mehr aktiv in der Firma, und es gab keinen Hinweis darauf, daß seiner Krankheit irgendein Machtkampf vorausgegangen war. Carol fluchte in sich hinein. Wie sich die Sache anließ, konnte sie es sich abschminken, das ganze Wochenende mit ihrem Sohn zu verbringen. Und David würde ihr übelnehmen, daß sie zumindest einen Teil der Zeit arbeiten mußte. Sie seufzte. Wenn doch nur Sybil da wäre und sich des Dilemmas annähme. Tja, wenn...

2

Kripochef Edgar fing Carol auf dem Weg zu ihrem Schreibtisch ab. „Carol! Kommen Sie doch bitte einen Moment in mein Büro, ja?“

Er quetschte seine Leibesfülle in seinen Schreibtischsessel und winkte Carol, Platz zu nehmen. „Der Fall Banning macht Fortschritte, oder?“

Sie unterdrückte ihre Irritation über seine forsche Frage und sagte: „Es ist noch sehr früh. Die Autopsie war erst heute morgen.“

„Gewiß. Daß dies eine heiße Kartoffel ist, muß ich Ihnen ja nicht sagen.“ Er trommelte mit seinen dicken Fingern auf den Tisch. „Und die Mordsache Fader?“

Seine Frage betraf den Tod eines Automechanikers, der nach einem Streit mit einem Widersacher erschlagen in seiner Werkstatt gefunden wurde. „Wir warten noch auf das DNA-Ergebnis, aber ich bin überzeugt, daß wir den Täter bald überführen und verhaften werden.“

„Und diese Obdachlose?“

„Nicola Bratt“, erinnerte Carol nachdrücklich. Wenn sie schon zeitlebens ein Niemand am Rand der Gesellschaft gewesen war, sollte wenigstens ihrem Tod die gleiche Achtung gezollt werden wie jedem anderen Menschen.

Edgar überging es mit flüchtigem Nicken. „Ja, die. Nichts gefunden, nehme ich an. Vielleicht von einem anderen Obdachlosen erstochen, hm?“

Nach Carols Meinung konnte seine flapsige Bemerkung durchaus zutreffend sein, und sie wußte, daß die

Wahrscheinlichkeit, diesen Mord aufzuklären, eher gering war. Es gab kein Tatwerkzeug, Nicola Bratt hatte tagelang in den Büschen eines verwilderten Grundstücks gelegen, weder Verwandte noch Freunde hatten sie vermißt oder den Leichnam reklamiert oder etwas über sie vermittelt. Sie war anhand ihres alten Führerscheins, den sie kleingefaltet in einer speckigen Gürteltasche unter den Schichten ihrer Kleidung verborgen bei sich trug, identifiziert worden.

„Wir ermitteln noch", erklärte Carol.

Er grunzte ironisch. „Viel Erfolg."

Der Kripochef hatte eine dicke weiße Mähne, auf die er ungeheuer stolz war, und ein gutgeschnittenes fleischiges Gesicht. Sie wußte, daß in ihrem Gesicht höfliche Aufmerksamkeit stand und ihr die wachsende Unzufriedenheit, die sie empfand, nicht anzumerken war. Sie arbeitete seit vielen Jahren mit ihm zusammen, und sein Eigeninteresse war für sie nichts Neues. Wenn es Schwierigkeiten gab, ging er ihnen hurtig aus dem Weg. Gab es Lob und Anerkennung, kassierte er als erster ab.

Jahrelang hatte sie die Schwächen des Kripochefs ignoriert, doch jetzt war sie persönlich betroffen, sie hatte hintenherum erfahren, daß er ihre Beförderung aktiv zu hintertreiben gedachte, sollte sie sich um einen leitenden Posten bewerben. Ihr wurde bewußt, daß er sie nie sonderlich gemocht hatte, doch der eigentliche Grund für seine Antipathie lag wahrscheinlich in ihrer Beliebtheit bei den Medien und in ihrer enormen Erfolgsquote. Und daß sie eine Frau war, gereichte ihr keineswegs zum Vorteil: Kripochef Edgar gehörte zu denen, die die Meinung vertraten, Männer seien nun mal die besseren Polizisten.

„Und da wäre noch etwas anderes, Carol", sagte er jetzt und spielte mit einer Visitenkarte auf seinem Schreibtisch. „Wie es scheint, hat der Premier ein Wort mit dem Polizeidirektor gesprochen..." Er reichte ihr die Karte. „Diese Journalistin – übrigens eine Amerikanerin – ist offenbar ein größeres Kaliber. Obwohl ich selbst nie von ihr gehört habe."

Carol las den Namen auf der Karte. „Loren Reece? Der Name sagt mir nichts."

Edgar wedelte mit der Hand. „Freie Journalistin, glaube ich. Schreibt für *Newsweek, Time* und so." Sein Ton machte klar, daß ihn derartige Zeitschriften nicht interessierten. „Jedenfalls hat sie aus irgendeinem Grund den Premier beeindruckt, deshalb wird volle Kooperation von Ihnen erwartet. Sie recherchiert für eine Artikelserie über Frauen im Polizeidienst in verschiedenen Ländern, und das ist eine prima Gelegenheit für uns, einen guten Eindruck zu machen. So der Polizeidirektor persönlich. Verstanden?"

„Ich werde versuchen, sie einzupassen."

Edgar beugte sich vor. „Sie *werden* sie einpassen, Carol. Gute PR schadet nie, wir brauchen sie momentan, weiß Gott." Er senkte die Stimme. „Verdammte PIK." Damit meinte er die jüngsten Anhörungen der Polizeilichen Integritätskommission. Die Details über korrupte Polizisten waren für die Medien ein gefundenes Fressen gewesen. „Diese Schleimscheißer", bemerkte er und sah Carol herausfordernd an. „Finden Sie nicht auch?"

Carol fand das ganz und gar nicht. Sie hielt PIK für ein notwendiges Übel, auch wenn es ihr morgens beim Zeitunglesen jedesmal einen Stich versetzt hatte. „Ja, wir brauchen wirklich gute PR", sagte sie. „Wird sich diese Journalistin mit mir in Verbindung setzen?"

„Sie wird anrufen und einen Termin vereinbaren. Reden Sie mit ihr sobald wie möglich."

Edgar rieb seine Handflächen aneinander. Diese Geste zu interpretieren hatte sie gleich am Anfang ihrer Zusammenarbeit gelernt. Sie besagte, daß das Gespräch beendet war. Carol stand auf und nahm ihm bewußt das Wort aus dem Mund. „Ich halte Sie auf dem Laufenden", sagte sie, sich ein Grinsen verkneifend.

Er grunzte. „Der Fall Banning hat oberste Priorität", erinnerte er sie, als sie die Tür öffnete.

Sie traf Mark Bourke vor ihrem Büro, ein Grinsen trat auf sein offenes Gesicht. „Schlechte Nachrichten", sagte er. „Bannings Frau scheint eine zweite Mutter Teresa zu sein, was die Tugend betrifft. Kein Anzeichen von irgendeinem Liebhaber, der darauf erpicht war, einen lästigen Ehemann beiseite zu schaffen. Genau gesagt, scheint Felicity Banning nicht nur ihrem Mann treu ergeben zu sein, sondern außerdem sehr geneigt, vor seinen Techtelmechteln die Augen zu verschließen."

Carol betrat ihr Büro, dessen neutrale Wände und das Standardmobiliar in seiner Nüchternheit etwas Tröstlich-Vertrautes für sie hatten. „Wie kommst du bei Bannings Mitarbeitern voran?"

„Da gab es viele Animositäten, doch keine so starken Motive, den Chef umzulegen. Ich habe Maureen auf seine Finanzen angesetzt, aber sein Unternehmen ist weder an Fusionen noch Übernahmen beteiligt. Die meisten haben Banning zwar nicht gemocht, im großen und ganzen jedoch respektiert. Er bekam heftige Medienschelte wegen der Ausbeutung seiner Uranminen in Papua-Neuguinea, die ist inzwischen abgeflaut, nachdem Zugeständnisse an die Umweltschützer gemacht wurden."

Er faltete seinen langen Körper auf einem unbequemen Holzstuhl zusammen. „Es könnte durchaus sein, daß hier ein Profi am Werk ist, Carol. Amateure machen Fehler, aber dieser Mord wurde astrein durchgezogen: Banning gibt seiner Frau einen Abschiedskuß, geht hinunter in seine Garage und steigt in seinen Rolls-Royce, er betätigt den automatischen Toröffner, jemand kommt herein, beugt sich zum Wagenfenster und schießt ihm zweimal in den Kopf. Effiziente Angelegenheit, nicht wahr? Keine Zeugen, und die Spurensicherung hat überhaupt nichts gefunden."

„Und die Ballistiker?"

Er schüttelte den Kopf. „Da werden wir auch nicht viel Freude haben, glaube ich. Als Jeff George heute morgen die beiden Kugeln aus seinem Schädel holte, waren sie vom Abprall an den Schädelknochen deformiert."

Carol sah Jeff George direkt vor sich, da sie bei vielen Obduktionen dabei gewesen war. Sie hörte sein munteres Plaudern über das Kreischen der Knochensäge hinweg. Dann sah sie förmlich, wie er Bannings Schädeldecke abnahm und so begeistert in seinen Kopf lugte, als öffne er ein Geschenkpäckchen. Carol hatte sich oft gewundert, mit welcher Freude der Pathologe seine Arbeit tat. Nur die Leichen von Kindern dämpften seinen Enthusiasmus. Im allgemeinen jedoch begrüßte er jeden Leichnam mit dem Eifer eines Mannes, der herausgefordert ist, ein Rätsel zu lösen.

„Wenn es ein Profi ist", erklärte Bourke jetzt, „würde ich sagen, wir sollten nach dem Geld Ausschau halten: Wer in Bannings Umfeld von seinem Tod profitiert. Mal sehen, wer am meisten davon hat."

Carols Telefon läutete. Sie machte ihm ein Zeichen, sitzenzubleiben, und griff nach dem Hörer. „Carol Ashton."

„Kommissarin, hier ist Loren Reece. Man hat Sie vielleicht informiert, daß ich anrufe." Die Stimme klang angenehm amerikanisch, mit einem leichten Dialekt, den

Carol in den Vereinigten Staaten nicht einordnen konnte.

„Man hat es mir gesagt."

Ein kleines Glucksen war am Ende der Leitung zu hören. „Und ich bin sicher, Kommissarin, daß Sie äußerst beschäftigt sind und nicht allzu begeistert von der Idee eines Interviews."

„Ms. Reece –"

„Bitte, nennen Sie mich Loren. Würde es Ihnen am nächsten Dienstag passen?"

Carol zog eine Grimasse, und Bourke grinste über ihren angeödeten Ausdruck. „Nächsten Dienstag?" Sie suchte auf dem Schreibtisch nach ihrem Terminkalender. „Augenblick bitte."

Sie hielt die Hand auf die Muschel und raunte Bourke zu: „Das hat mir gerade gefehlt."

Er fischte ihren Kalender unter einem Papierstapel hervor und reichte ihn ihr. „Und wenn du es noch so gut verbirgst", sagte er, „du suhlst dich förmlich in all diesem Interesse seitens der Medien."

Carol schlug den Dienstag auf und starrte verdrossen darauf. Sie nahm die Hand von der Muschel. „Ms. Reece?"

„Loren."

„Ich könnte Ihnen für Dienstagmorgen um zehn einen Termin geben. Kennen Sie unsere Adresse?"

„Ich habe die Anschrift, danke. Ich hatte gehofft, ich könnte Sie zum Lunch einladen."

Carol blickte düster auf den Apparat. „Tut mir leid", sagte sie, „aber das ist ganz und gar unmöglich."

Carols kühler Ton schien die Amerikanerin nicht im mindesten zu brüskieren. „Dann bis Dienstag um zehn", sagte sie fröhlich. „Ich freu' mich darauf, Kommissarin."

Gerade als Carol den Hörer auflegte, steckte Kriminalmeister Goolwa den Kopf durch die Tür. „Kommissarin?

Ich muß leider stören, aber es gibt etwas Neues im Nicola Bratt-Fall."

Amüsiert über seine Schüchternheit winkte sie den jungen Polizisten herein. Sam Goolwa war erst seit wenigen Wochen in ihrem Team und lebte sich noch ein. Er war Aborigine und von zierlicher Statur, hatte kurzes krauses schwarzes Haar, und seine dunkelbraunen Augen wirkten fast schwarz. Europäisches Blut gab seiner Hautfarbe ein samtiges Braun.

„Wir haben einen Verdächtigen", sagte er. „Er heißt Matthew Bott. Gestern nacht hat er in betrunkenem Zustand das Obdachlosenasyl der Heilsarmee demoliert. Bei seiner Verhaftung tobte er herum, daß er die Frau erstochen hätte. Er hatte ein Messer bei sich, das der Mordwaffe entspricht. Er wurde wegen Trunkenheit und Randale festgenommen, aber er könnte durchaus unser Mann sein."

„Bott ist noch in Haft?"

Als Goolwa nickte, erklärte sie: „Gut, ich überlasse die Sache Ihnen und Anne." Die Freude in seinem Gesicht entging ihr nicht. „Halten Sie mich auf dem Laufenden", sagte sie und grinste in sich hinein, weil sie Kripochef Edgars Floskel benutzte.

Nachdem Goolwa gegangen war, bemerkte Mark: „Er macht sich gut. Er muß sich noch eine dickere Haut zulegen, aber das wird schon noch."

Es gab verhältnismäßig wenige Aborigines bei der Polizei, und Carol war sich der alten Vorurteile durchaus bewußt, die sich bis heute gehalten hatten. „Hat er mit irgendwem Probleme?"

„Keine, die er nicht in den Griff kriegen kann." Bourkes Ton machte klar, daß er Carols Einmischung unnötig fand. Er beugte sich vor und zog seine Brieftasche aus der Gesäßtasche. „Möchtest du die neuesten Fotos von Carli sehen?"

Pat, Marks Frau, hatte vor kurzem ihr erstes Kind zur Welt gebracht, ein Mädchen, und Bourke war der vernarrteste Vater, den Carol je erlebt hatte.

Sie streckte die Hand aus. „Bleibt mir was anderes übrig?" fragte sie lachend.

„Tja, du bist schließlich ihre Patentante."

Carol war sehr überrascht und zu ihrem Erstaunen geradezu lächerlich geschmeichelt von dem Antrag, die Patenschaft der Kleinen zu übernehmen. Und Carli hatte sich bei der Taufe einwandfrei benommen und alle, die sich über sie beugten, mit zahnlosem Lachen beglückt.

Carols Telefon klingelte wieder. „Hoffentlich nicht noch ein Journalist."

Nach ein paar Worten legte sie auf und blickte Bourke nachdenklich an. „Was hältst du davon? Bannings Partner, Cardover, ist heute morgen gestorben."

„Eines natürlichen Todes? Hatte er wieder einen Schlaganfall?"

„Scheint so."

„Interessantes Timing", bemerkte Bourke.

3

Wallhaven, eine sehr teure Privatklinik, in der Eric Cardover gestorben war, befand sich in einem exklusiven Vorort und unterschied sich auf den ersten Blick nur durch ihre Größe von den anonymen weißen Fassaden und gepflegten Rasen und Gartenanlagen. Carol befiel der absurde Gedanke, daß das Gebäude, wäre es das Gesicht eines Verdächtigen gewesen, auf der Stelle vergessen worden wäre.

„Ich habe so ein Gefühl, als ob dieser Tod äußerst gelegen kommt, Mark. Es ist kein gutes Gefühl", hatte sie ihm im Büro erklärt. Als sie nun das dezente Klinikportal betrachtete, regte sich die böse Vorahnung erneut.

„Bestimmt ist der Totenschein schon ausgestellt", sagte sie zu Bourke, „aber sollte auch nur der leiseste Zweifel bestehen, wünsche ich eine Obduktion."

Bourke hatte mit Cardovers Chefarzt gesprochen, der sie in seinem neutral gestrichenen, mit dickem Teppich ausgelegten Büro erwartete, das ebenso unauffällig war wie das Gebäude.

„Mr. Cardover ist heute morgen gestorben", erklärte er ohne Umstände, nachdem sie einander begrüßt hatten. Er zog sich hinter seinen großen Schreibtisch zurück und fuhr fort: „Daran ist überhaupt nichts mysteriös, und ich habe den Totenschein ausgestellt. Offen gesagt, ist mir nicht so recht klar, was ich für Sie tun kann."

Dr. Olsons Kahlkopf wirkte zu groß für seinen kleinen Körper. Seine Züge waren hager und scharf, und er fingerte beim Reden in seinen Papieren herum. „All unsere Patientinnen und Patienten erhalten die beste medizinische Versorgung, aber Mr. Cardover hatte vor zwei Monaten einen schweren Herzinfarkt, der ihn fast vollständig gelähmt hat."

„War er bei Bewußtsein?"

Dr. Olson runzelte bei Carols Frage die Stirn. „Wenn Sie damit meinen, ob er auf äußere Stimulanzen reagiert hat, lautet die Antwort, ja, und seit er in unsere Klinik kam, hat sich sein Zustand verbessert." Er nahm einen Papierstapel hoch und stieß ihn auf der Schreibtischplatte auf, um ihn auszurichten. „Mr. Cardovers Herzinfarkt war so schwer, daß er sich kaum noch bewegen und auch nicht sprechen konnte. Mal war er bei Bewußtsein, dann wieder nicht, aber er machte merkliche Fortschritte, und ich prognostizierte, daß sich sein Zustand weiter verbessern würde."

„Hat sein Tod Sie überrascht?" fragte Bourke.

„Überhaupt nicht. Die Möglichkeit eines erneuten Infarkts hat immer bestanden. Am Ende hat sein Herz einfach aufgehört zu schlagen."

„Erfolgten irgendwelche Wiederbelebungsversuche?" wollte Carol wissen.

Dr. Olson schob den Papierstapel herum. „Bei Patienten in Mr. Cardovers Zustand empfehlen sich keine lebensverlängernden Maßnahmen. Und er hat seine diesbezüglichen Wünsche schon vor seiner Krankheit klargemacht. Die Familie teilte seine Meinung."

„Ist sein Leichnam noch in der Klinik?"

Der Arzt verzog den Mund, als fände er Bourkes Frage reichlich geschmacklos, und sagte: „Seine Familie traf die Arrangements, glaube ich, mit dem Beerdigungsunternehmen Ballard und Coombe. Sie haben den Leichnam heute morgen abgeholt."

„Wir würden gern mit dem Personal sprechen, das Dienst hatte, als er starb."

„Das ist bestimmt nicht nötig, Kommissarin. Wir haben die beste medizinische Versorgung." Mit verdrossenem Unterton fügte Olson hinzu: „Der Mann starb, weil er einen Herzinfarkt hatte. Schlicht und ergreifend."

„Haben Sie gehört, daß sein Partner, Walter Banning, gestern morgen ermordet wurde?" fragte Bourke.

„Ja, das weiß ich, aber mit Mr. Cardovers Tod kann das nichts zu tun haben." Auf sein ungehaltenes Gesicht trat plötzlich ein besorgter Zug. „Sie wollen damit doch nicht andeuten, daß zwischen den beiden Todesfällen eine Verbindung besteht!"

„Die Sache ist reine Routine", beschwichtigte Carol.

Dr. Olson sah sie ungläubig an. „Ach, wirklich?" fragte er ironisch. „Kommissarin Ashton hat Zeit für ein bißchen Routine hier und da? Das bezweifle ich."

Carol lächelte ihn an. „Ich hab' halt die Finger drin."

Drei Schwestern waren ausschließlich zur Pflege Eric Cardovers abgestellt gewesen und hatten sich in drei Schichten abgewechselt. Die diensthabende Schwester zum Zeitpunkt seines Todes hatte gerade erst ihre neue Schicht in der Klinik angetreten, und so bat Carol den Arzt um eine Unterredung mit ihr in Cardovers Sterbezimmer. Dr. Olson führte sie höchstpersönlich nach oben und pries dabei die erstklassige Versorgung der Patienten und die unvergleichlichen Sicherheitsmaßnahmen. Carol dachte sarkastisch, daß der Mann allen Grund zu der Befürchtung hatte, die Familie des Verstorbenen könne Wind von der Untersuchung bekommen und mit einer Klage wegen Fahrlässigkeit drohen.

Der zweite Stock des Gebäudes war nicht ganz so steril wie die meisten Krankenhäuser. In den Fluren waren moderne Gemälde ausgestellt, deren Pastelltöne etwas Wohltuendes ausstrahlten. Der Bereich für das Pflegepersonal war in Weiß und Türkis gehalten, so wie dessen Arbeitskleidung. Der angrenzende Aufenthaltsbereich war mit dickem Teppichboden ausgelegt, das Mobiliar wirkte teuer, und überall standen Grünpflanzen und frische Blumen.

Dr. Olson führte sie zum Zimmer am Ende des weißen Flurs. Bei dem Geruch von Desinfektionsmittel und Politur zog Carol unwillkürlich die Nase kraus. Selbst als Blinde würde sie ein Krankenhaus an dem penetranten Geruch erkennen.

„Dies ist das Zimmer", erklärte der Arzt. Auf der einen Seite neben der weißen Tür war ein rotes Ausgangsschild angebracht, und eine Tür führte offensichtlich zum Treppenhaus.

„Feuertreppen?" mutmaßte Carol.

Olson nickte und winkte sie in Cardovers Zimmer. Blendendes Licht fiel durch das breite Fenster herein, das auf die manikürte Gartenanlage und die Auffahrt hinausging. Die Möbel waren modern und elegant, bis auf das typische Krankenhausbett. Es war bereits abgezogen, aber die Geräte, auch der Herzfrequenzmonitor, befanden sich noch am Kopfende des Bettes. Blumen und alle persönlichen Dinge, die dem Raum nach Carols Vorstellung die kühle Formalität genommen hatten, waren verschwunden. Wie jeder Hinweis, daß ein Mensch mit Hoffnungen und Ängsten in diesem Bett gelegen hatte.

Schwester Slade war eine derbe selbstbewußte Frau mit steifem Kreuz und abrupter Art. „Mr. Cardover starb heute früh um halb sechs." Ihr stahlgraues Haar war so starr wie ihre gestärkte Uniform, und Carol dachte flüchtig, daß der Schwester Türkis nicht sonderlich stand.

„Sie waren zu diesem Zeitpunkt bei ihm?" fragte Bourke.

Schwester Slade blickte zu Olson hinüber, dann wieder zu Bourke. „In diesem Moment gerade nicht."

„Wo waren Sie da?"

Bei seiner Frage ging sie sofort in die Offensive. „Ich habe meinen Patienten nicht vernachlässigt, falls Sie das andeuten wollten. Ich bin nur rasch die paar Schritte gegangen, um mir einen Kaffee zu holen."

Carol zeigte auf den Monitor und die Geräte. „Ich nehme an, daß irgend etwas Sie alarmiert und Ihnen signalisiert hat, daß etwas nicht stimmte.“

Die Schwester runzelte die Stirn. „Nicht direkt. Ich habe für einige Augenblicke das Zimmer verlassen, und als ich zurückkam, war er tot.“

„Es gab keinen Alarm im Schwesternzimmer?“ Dr. Olson war über den Ausfall geschockt. „Ich versichere Ihnen“, erklärte er Carol und Bourke, „daß unsere Geräte regelmäßig überprüft werden.“ Er maß Schwester Slade mit durchdringendem Blick. „Sie haben keinen Defekt gemeldet!“ fuhr er sie an.

Sie richtete sich zu voller Größe auf, sichtlich verärgert. „Weil es keinen Defekt gegeben hat. Als Mr. Cardover tot war, habe ich die Geräte überprüft und entdeckt, daß sich der Stecker gelockert hatte. Bis dahin hatten sie einwandfrei funktioniert.“

„Er hatte sich gelockert?“ fragte Carol. „So ganz von allein?“

„Schauen Sie“, sagte die Schwester mit streitlustigem Blick, „es hätte nicht das geringste geändert. Vielleicht ist jemand von den Putzkräften drangestoßen und hat ihn gelockert, vielleicht war er auch nicht fest genug drin“, rechtfertigte sie sich. „Es bestand die Anweisung, keine Wiederbelebungsmaßnahmen bei meinem Patienten zu ergreifen. Wenn es Alarm gegeben hätte, wäre Mr. Cardover, mit Verlaub, ebenso tot. Es war eine Frage der Zeit.“

„Wie lange waren Sie ganz genau nicht im Zimmer?“

Schwester Slade zuckte die Achseln. „Ich weiß nicht. Fünf Minuten vielleicht.“

„Könnte es auch etwas länger gewesen sein?“

Sie seufzte bei Carols Frage. „Ich hab’ nicht auf die Uhr gesehen. Mr. Cardover schlief ruhig, und ich ging mir etwas zu trinken holen. Vielleicht waren es vier Minuten oder auch sechs. Ich kann's nicht genau sagen."

„Haben Sie jemanden in der Nähe des Zimmers von Mr. Cardover gesehen?"

Sie wirkte erst verdutzt, dann sagte sie argwöhnisch: „Im Krankenhaus sind immer irgendwelche Leute."

Carol war sicher, daß Schwester Slade nicht ganz aufrichtig war. „Sie haben etwas gesehen, nicht wahr?"

„Nicht richtig."

„Eine Putzkraft?" fragte Bourke. Und als Schwester Slade ihn stirnrunzelnd ansah, fügte er hinzu: „Sie sagten, daß vielleicht eine Putzkraft versehentlich den Monitor außer Betrieb gesetzt hat."

Sie zögerte, dann sagte sie: „Ich bin mit einer anderen Schwester zurückgekommen. Wir haben geredet, und dabei sah ich in diese Richtung und bemerkte flüchtig jemanden in der Nähe des Zimmers von Mr. Cardover."

„Einen Mann oder eine Frau?"

Carols Frage irritierte die Schwester. „Es war ja nur flüchtig, hab' ich gesagt. Ich sah bloß einen weißen Kittel und blaue Hose, wie es die Krankenpfleger in Wallhaven so tragen. Es könnte ein Mann gewesen sein oder auch eine Frau. Ich hab' keine Ahnung."

„Wohin ging die Person?" fragte Bourke.

„Durch den Ausgang ins Treppenhaus und nach unten, glaube ich. Wollen Sie damit andeuten, daß an Mr. Cardovers Tod etwas verdächtig ist?"

Olson erbleichte. „Unmöglich. Absolut unmöglich."

Carol empfand eine Spur Mitleid mit dem Mann. „Es tut mir leid", sagte sie, „aber eine Obduktion des Leichnams von Mr. Cardover ist unvermeidlich."

„Wenn Sie mich nicht mehr brauchen", warf Schwester Slade ein, „gehe ich wieder zu meinen Patienten."

Carol deutete auf das abgezogene Bett. „Können Sie mir sagen, wo das Bettzeug ist?"

„In der Wäscherei. Sein Handtuch, alles." Unverhüllt schadenfroh fügte sie hinzu: „Das finden Sie nicht mehr. Sämtliche Schmutzwäsche kommt auf einen Haufen."

„Gewiß werden wir weitere Fragen haben, und wir brauchen ein Protokoll Ihrer Aussage", erklärte Carol.

„Ich hab' Ihnen alles gesagt, was ich weiß. Aber gut, wenn Sie mich brauchen, finden Sie mich auf dieser Station." Sie marschierte hinaus.

„Das Zimmer muß versiegelt werden, bis die Spurensicherung kommen kann."

„Spurensicherung!" Olsons Stimme überschlug sich vor Ärger. „Kommissarin, ich kann nicht glauben, daß Sie im Ernst denken, jemand ist hier hereingekommen und hat einen unserer Patienten ermordet. Schon der Gedanke ist unerhört."

„Ich weiß, daß es für Sie sehr unangenehm ist, aber wir werden versuchen, das Zimmer so rasch wie möglich freizugeben." Und als er widerstrebend nickte, fügte Carol hinzu: „Und es wäre ganz hilfreich, wenn wir Schwester Slades Personalakte sehen könnten."

„Marilyn Slade ist eine ausgezeichnete Pflegerin", protestierte er. „Ich habe noch nie eine Beschwerde über ihre Arbeit bekommen. Im Gegenteil, Kolleginnen und Kollegen schätzen sie ebensosehr wie unsere Patienten."

„Trotzdem brauchen wir ihre Akte. Außerdem brauchen wir Details über Mr. Cardovers Angehörige, damit wir uns wegen des Leichnams mit ihnen in Verbindung setzen können. Es kann keine Beerdigung geben, bis feststeht, wie er gestorben ist."

Olson schien Einwände machen zu wollen, zuckte dann aber die Schultern. „Wenn ich mich weigere, kommen Sie mir wahrscheinlich mit einer Beschlagnahme; trotzdem muß ich sagen, ich halte dies für eine extreme Überreaktion auf das, was für mich ein simpler Ausfall des Alarmsystems am Gerät ist."

„Oder vielleicht ein simpler Mord", sagte Bourke zu Carol.

Am späten Freitagnachmittag hatte Bourke die Liste des Personals in Händen, das auf Cardovers Etage Dienst getan hatte. Li und Standish nahmen die Befragung vor.

Carol hatte beschlossen, selbst zu der trauernden Witwe zu fahren, zum einen hatte sie keine Lust, an diesem herrlichen Nachmittag ins Büro zurückzukehren, zum anderen – was ihr wichtig war – wollte sie ein Gefühl für die Familie Cardover bekommen. Die tadellos gekleidete Dame, die Carol empfing, machte nicht den Eindruck, als hätte sie ihrem Mann nachgeweint. „Mein Sohn Jonathan", stellte sie vor, nachdem Carol das luxuriöse Stadthaus im Stadtteil Wollstonecraft betreten hatte.

Jonathan Cardover war ein Mann in den Vierzigern mit einem leeren Gesicht, einem unzufriedenen Zug um den Mund und einer überheblichen Art. Er entschuldigte sich und ließ Carol und seine Mutter allein.

Phillis Cardover war empört, als sie hörte, daß das Begräbnis wahrscheinlich verschoben werden müßte.

„Zu der Beerdigung werden Leute aus dem Ausland anreisen", sagte sie schneidend. „Von der Creme hier in Australien gar nicht zu reden. Wirklich, Kommissarin, das ist außerordentlich unangenehm. Ich erwarte, daß Sie mich *augenblicklich* informieren, wann Sie den Leichnam freigeben werden."

Carol verließ das Cardoversche Stadthaus in düsterer Stimmung und fragte sich, ob bei ihrem Tod wohl Menschen, die ihr nahegestanden hatten, sich eher in ihren Beerdigungsvorbereitungen gestört fühlen würden, als daß bei ihrer Trauer eine Verschiebung keine Rolle spielte. Nun mußte sie grinsen: Sich die eigene Beerdigung vorzustellen und sich dabei über den versammelten Freundinnen und Freunden schwebend und ihren hymnischen Nachrufen lauschend vorzustellen, war der Gipfel an Selbstbeweihräucherung.

Auf dem Pacific Highway war die Hölle los. Am liebsten wäre sie umgekehrt und in der entgegengesetzten Richtung nach Hause gefahren statt ins Zentrum. Sie hatte keine Lust, durch den Harbour-Tunnel zu fahren – die späte Wintersonne war warm und der Himmel blaßblau und wolkenlos, so ließ sie sich mit dem Verkehrsstrom auf die Harbour Bridge schleusen. Wohlgefällig betrachtete sie die riesigen Sandsteinpfeiler und den grauen Bügel der Träger über sich und genoß, wie immer, am Ende der Brücke den Anblick des Opernhauses. Von hier aus dem Wagen konnte sie zwar nur einen Teil der bizarr gewölbten Dächer sehen, doch dieser einzigartige wundervolle Anblick entschädigte sie für die schwere Verantwortung und den Druck in ihrem Beruf.

Mark Bourke erwartete sie bereits. „Hier ist das Protokoll von Marilyn Slades Aussage." Er reichte ihr ein paar Seiten. „Sie hat dem schon Erzählten nichts hinzugefügt, außer daß sie jetzt zugibt, es könnten auch bis zu fünfzehn Minuten gewesen sein, die sie nicht im Zimmer war, was wahrscheinlich bedeutet, mindestens zwanzig. Massenhaft Zeit für jemanden, hereinzuschleichen und ihn umzubringen."

„Das alles ist nicht von Interesse, es sei denn, Cardover wurde ermordet", sagte Carol. „Hast du Jeff George bezirzt, die Obduktion Montag vorzunehmen? Cardovers

Witwe ist über die Verschiebung der Beerdigung ganz und gar nicht erbaut."

„Will das alles rasch hinter sich bringen? Das wundert mich kein bißchen", erklärte Bourke. „Vielleicht kann sie es kaum erwarten, die Millionen, die sie angeblich erbt, in die Finger zu kriegen. Tja, sie wird sich gedulden müssen. Wir können mit Cardover frühestens Dienstag fertig sein, und das auch nur, weil ich so gebettelt habe. Es war mir schon fast peinlich."

Carol grinste. Sie konnte sich überhaupt nicht vorstellen, daß Mark Bourke um irgend etwas betteln mußte. Er gehörte zu den Menschen, die so reizend und offen waren, daß die meisten ihm gern einen Gefallen taten, aber er konnte durchaus auch unnachgiebig und stur sein. Carol hatte bei Verhören schon erlebt, wie er gemeine Straftäter in die Zange nahm und in sie drang, bis er sie weichgeklopft hatte, doch für gewöhnlich war er entwaffnend umgänglich.

„Ach, noch etwas", sagte Bourke. „Sam Goolwa hat ein Geständnis des Mörders von Bratt. Aber das wird er dir wohl lieber selbst erzählen wollen, denke ich."

Als Sam Goolwa zu ihr ins Büro kam, konnte er seine große Befriedigung kaum verbergen. „Bott kam gleich damit heraus und hat gestanden, Kommissarin. Erzählte Anne und mir, was ihn dazu getrieben hat. Er erstach Nicola Bratt wegen einer halbvollen Flasche billigen Fusels", erklärte er nüchtern.

Carol überflog das Geständnis. Bott hatte die Hälfte der Flasche verlangt, seinen bezahlten fairen Anteil, und als Nicola Bratt sie nicht rausrücken wollte, kabbelten sie sich. Aber sie wollte die Flasche partout nicht loslassen und rief um Hilfe, da zog er sein Messer, das er zur Selbstverteidigung bei sich trug, und stach auf sie ein, bis sie fiel. Dann entwand er ihr die Flasche und suchte das Weite.

Matthew Bott hatte seinen Namen unter das getippte Protokoll gekritzelt. Seine Hand hatte auf dem Papier einen Schmier- oder Schweißfleck hinterlassen.

„Sie haben ihn unter Anklage gestellt?"

„Ja. Montag kommt er vor den Untersuchungsrichter."

„Gute Arbeit, Sam."

Goolwa strahlte sie an, dann nickte er verlegen und eilte aus ihrem Büro.

Carol sah auf ihre goldene Uhr. Sie war ein Geschenk von Sybil und eher ein filigranes Schmuckstück, eines, das Carol sich selbst nie gekauft hätte. Wenn sie Glück hatte, war Sybil nach dem Unterricht heimgefahren, und Carol konnte ihr von Davids Sündenfall berichten.

Während sie die Nummer eintippte, beschlich Carol das mulmige Gefühl, sie hätte Sybil sofort informieren sollen, nachdem sie von Davids Missetat erfahren hatte. Sie hatte zwar Tante Sarah umgehend verständigt, aber diesen Anruf so lange wie möglich vor sich hergeschoben.

„Carol ist hier."

„Das brauchst du mir nicht zu sagen, ich kenne schließlich deine Stimme." Sybil klang müde und gereizt.

In dem unangenehmen Gefühl, daß Sybil das Gespräch möglichst kurz halten wollte, berichtete Carol rasch von Davids Gesetzesverstoß.

„Carol, ist er verhaftet worden?"

„Nicht direkt. Aber er kommt vor das Jugendgericht, sein Name wird nicht veröffentlicht. Es ist seine erste Straftat, so daß er mit einer Verwarnung und einer Auflage davonkommen wird. Das Schlimmste nach Davids Ansicht dürfte der Verweis von der Schule sein."

„Armer David. Kann ich ihn sehen?“

„Er ist das Wochenende bei mir. Vielleicht hast du dann etwas Zeit.“

„Sonntag?“

„Fein. Ich bringe ihn morgens rüber, wenn’s dir recht ist.“ Eine verlegene Pause entstand, und Carol erklärte rasch: „Ich bleibe nicht. Ich lasse ihn bei dir, so lange du willst, und hole ihn ab, wann du möchtest.“

„Du kannst durchaus bleiben, wenn du willst“, sagte Sybil belustigt.

„Nun, offen gesagt, ich muß arbeiten.“

„Wieder ein ganz dringender Fall?“ Sybil klang ironisch. „Aber ich übernehme gern das Babysitting für deinen Sohn.“ Noch ehe Carol antworten konnte, nahm Sybil das Gesagte zurück. „Entschuldige, Carol, das war nicht fair. Ich freue mich darauf, mit meinem Lieblingsjungen den Sonntag zu verbringen, und werde ihn anschließend nach Seaforth zurückfahren. Das ist kein Problem.“

Carol wurde es leichter ums Herz. „Du könntest dir das Haus ansehen. Es ist fast fertig. Hm, jedenfalls ziemlich weit gediehen. Du wirst es kaum wiedererkennen.“

„Ich werde es wiedererkennen“, entgegnete Sybil. „Ich möchte nicht hereinkommen. Bitte mich also nicht.“

4

Samstagmorgen lieferte Eleanor Hart David in Seaforth ab. Jedesmal gab es Carol einen Stich ins Herz, wenn sie ihren Sohn sah. Er hatte das hellblonde Haar und die grünen Augen von ihr, aber die Mundpartie von Justin und würde sicher so groß und breitschultrig werden wie sein Vater. Von Zeit zu Zeit tauchte ungewollt bei Carol die gleiche Frage auf: Was wäre gewesen, wenn sie damals um das Sorgerecht gekämpft hätte? Wäre er heute ein anderer Mensch, wenn sie ihn erzogen hätte?“

Erfreut begrüßte sie Eleanor und dachte, wie reizend und tüchtig sie war. Carol mußte zugeben, daß Justins zweite Frau eine bessere Mutter war, als sie selbst bei ihren beruflichen Anforderungen hätte sein können.

„Kaffee?“ fragte sie in der Hoffnung, Eleanors Ansicht in bezug auf David zu hören.

„Gern, Carol, aber ich muß leider weg. Ich habe mich breitschlagen lassen, eine Freundin am Tierschutzstand auf der Esplanade in Manly abzulösen.“ Eleanor deutete auf ihr Auto auf Carols Straßenstellplatz. „Brutus ist im Wagen, er hat ein schickes Halstuch um und ein Schild BITTE HELFEN SIE, und ich hoffe, niemand kann ihm widerstehen.“

„Ich bestimmt nicht. Insofern kann ich ja gleich etwas spenden.“

„Brutus ist ein Schauspieler“, kommentierte David und ließ seine Tasche fallen.

„Was beim Geldsammeln sehr nützlich ist“, sagte seine Stiefmutter. „Carol, du mußt nichts spenden.“

Brutus war ein Golden Retriever, sanftmütig wie ein Lämmchen, der alles fraß, was er finden konnte. Carol sah ihn direkt vor sich, wie er den Kopf zur Seite legte und mit treuherzigem Hundeblick den Passanten am Samstagmorgen auf der belebten Promenade die Spenden aus der Tasche zog.

„Muß ich etwa vorbeikommen, um eine ordentliche Spende loszuwerden?“ fragte Carol lachend. „Ich bin total vernarrt in diesen Hund.“

Brutus freute sich, Carol zu sehen, aber er freute sich schließlich bei allen. Es war ein offenes Geheimnis, daß es einen schlechteren Wachhund als ihn auf dieser Welt nicht geben konnte, wahrscheinlich würde er Einbrecher schwanzwedelnd begrüßen, statt sie zu verbellen.

Carol gab Eleanor ihre Spende, dann winkten sie und David ihr nach. Als sie den Weg zum Haus zurückgingen, zeigte David auf den Bauschutt, der ein Blumenbeet fast unter sich begraben hatte. „Wann sind die Handwerker eigentlich fertig. Das zieht sich ja schon ewig hin."

„Was weiß ich. Es dauert jedenfalls viel länger als geplant und kostet auch mehr als erwartet. Aber wie ich von Leuten höre, die schon mal umgebaut haben, ist das wohl immer so." Sie betrachtete prüfend das Haus, das sich von dem vertrauten Elternhaus, in dem sie so viele Jahre gelebt hatte, sehr unterschied. Blumen waren niedergetrampelt, unter Wellblechdächern lagerten Zement und andere Baustoffe und auf dem Rasen das Bauholz. „Ich habe das schreckliche Gefühl, bis die Handwerker endlich fertig sind, wird der Umbau eine Million kosten."

„Hat Sybil ihn schon gesehen?"

„Nein."

Ihre Einsilbigkeit hielt ihn nicht von der nächsten Frage ab. „Wird sie zurückkommen?"

„Ich glaube nicht."

David sah sie von der Seite an. „Aber du hast das alles für Sybil getan, nicht wahr? Den ganzen Umbau?"

„Hmhm." Das war kein Thema, worüber sie sprechen wollte, also ging sie voraus durch die Tür und den Flur.

„Hoi", sagte David, „hier sieht ja alles ganz anders aus."

Carol wurde schlagartig bewußt, daß sie ihn schon eine Ewigkeit nicht mehr hier gehabt hatte. Sie hatte es sich angewöhnt, ihn abzuholen und auszuführen, ins Kino oder zu einer Sportveranstaltung oder einem Ausflug ins Buschland. Ein paarmal waren sie zu Besuch in den Blue Mountains bei Tante Sarah gewesen oder hatten irgendwo unterwegs übernachtet, doch seit Sybil endgültig ausgezogen war, hatte sich Carol gesträubt, David zu sich nach Hause zu holen.

„Wo ist die Küche geblieben?" fragte er.

„Die alte Küche war völlig demoliert, genauso wie das Wohnzimmer."

Wieder stand Carol das Bild vor Augen, wie Sybil bewußtlos im Wohnzimmer bei der Couch auf dem Boden lag, mit Handschellen gefesselt, das Gesicht verquollen und blutend.

Danach hatte sie gesagt, daß sie nicht glaubte, je wieder in diesem Haus leben zu können, daß das, was ihr hier widerfahren war, ihr das Haus vergällt hatte.

Carol merkte, daß sie entrüstet war. Es war ja nicht mehr derselbe Raum, dasselbe Haus – es war total umgebaut. Sie hatte sich sogar von sämtlichen Wohnzimmermöbeln getrennt, obwohl sie deren klare Linie geliebt hatte. „Die Küche ist in meinem ehemaligen Schlafzimmer, und mein neues Schlafzimmer ist da drüben."

Sie deutete auf den Anbau hinten am Haus. Die frühere Holzterrasse mit dem atemraubenden Blick über Middle Harbour war auf drei Seiten verbreitert worden, und Carols Schlafzimmer hatte nun diese Aussicht, so daß sie beim Aufwachen durch das riesige Panoramafenster auf das hinter den Bäumen glitzernde Wasser sah.

Der schwarzweiße Sinker gesellte sich mit einem Hier-bin-ich-Miau zu ihnen. Er hatte sich für jedes Detail des Umbaus brennend interessiert und die meiste Zeit damit verbracht, genau herauszufinden, was die Handwerker taten. Als David sich niederbeugte und den Kater streichelte, erzählte Carol, wie Sinker es fertiggebracht hatte, sich im Dach einbauen zu lassen. „Ich kam spät von der Arbeit heim und hörte ihn außer sich schreien. Es dauerte eine Ewigkeit, bis ich herausfand, wo er war, und dann mußte ich einen Teil der Verkleidung einreißen, um ihn zu befreien."

„Armer Sinker", sagte David. Und fügte unschuldig hinzu: „Ich glaube, daß er Jeffrey vermißt."

Jeffrey war Sybils Kater, und Carol hatte nicht vor, sich darüber auszulassen. „Sinker ist vollkommen damit beschäftigt, für die Bauarbeiter den vierbeinigen Vormann abzugeben", sagte sie.

Carol und David lehnten jetzt Schulter an Schulter am Terrassengeländer und sahen die Steilküste hinab auf die mit dem Wind flirtenden Segelboote auf dem Wasser. „Erzähl mir von deiner Karriere als Cannabisdealer."

„Ach, Mum! So war es doch überhaupt nicht! Ich hab' nicht gedealt, wirklich nicht."

„Und was hast du dann getan?"

„Ein paar Klassenkameraden haben mich gebeten, ihnen was zu besorgen."

„Und wieso wußten sie, daß du dazu in der Lage warst?"

David zuckte gekonnt die Achseln. „Keine Ahnung."

„Aha", sagte Carol. „Um die Sache klarzukriegen: Ein paar Mitschüler haben zufällig dich gebeten, Marihuana für sie zu kaufen! Ganz einfach so aus dem Blauen. Und sieh an, Überraschung! Zufällig weißt du eine Quelle! Wie praktisch."

David grinste widerwillig. „Na gut, Mum. Ganz so war es nicht. Ich bin in der Fußballjugendmannschaft der Schule zusammen mit diesem Jungen, und ich glaube, er hat den anderen erzählt, daß ich das Zeug besorgen kann."

„Und woher weiß er das?"

„Es ist sein älterer Bruder, der's mir gegeben hat."

„Gegeben. Wie großzügig."

David wand sich bei dem sarkastischen Ton. „Okay, also mir verkauft hat."

„Ist dieser Bruder in deiner Schule?"

„Früher mal, vor ein paar Jahren."

Carol drehte sich zu ihm um. „Sein Name?"

„Smith." David grinste. „Wirklich." Und als er ihren Gesichtsausdruck sah, protestierte er: „Tatsächlich!"

„Smith?" sagte Carol trocken. „Und vermutlich heißt er mit Vornahmen John?"

„Nee. Paul. Und der Typ in meiner Klasse heißt Pete."

Carol blickte ihn durchdringend an. Es war, als ob man Blut aus einem Stein wringt, David legte eine naßforsche Nonchalance an den Tag, die sie in Rage brachte. „Warum hat dein Freund Pete das Cannabis seines Bruder nicht selbst verkauft?" fragte sie so sachlich wie möglich.

„Pete? Zuviel Schiß, deshalb hat er mich bekniet, es zu tun."

„Und du, wie ein Depp, hast dich bereit erklärt."

David zog einen Flunsch und sah plötzlich viel jünger aus. „Es war doch nichts dabei", erklärte er. „Es waren ja keine harten Drogen."

„Natürlich war etwas dabei. Mir will einfach nicht in den Kopf, daß du so dumm sein konntest. Hast du überhaupt nicht daran gedacht, was passieren wird, wenn man dich erwischt?"

„Es war doch bloß Spaß."

„Es war ganz das Gegenteil. Was du getan hast, war illegal, und du wußtest es." Er wollte sich rechtfertigen, aber sie schnitt ihm das Wort ab. „Und komm mir nicht damit, daß Marihuana eine weiche Droge sei und eine Menge Leute gegen das Gesetz verstoßen, indem sie es rauchen. Darum geht es hier nicht. Nach dem Gesetz bist du ein Drogendealer. Was sagst du dazu?"

„Ich hab' nicht gedacht –"

„Genau! Das hast du nicht. Aber jetzt benutz endlich deinen Grips. Wenn die Polizei dich vernimmt, wirst du die Namen nennen, David. Von allen, die etwas damit zu tun hatten."

„Ich bin kein Verräter. Ich verpfeife doch meine Freunde nicht."

Bei dieser trotzigen Erklärung hätte sie ihn am liebsten kräftig geschüttelt. Sie atmete tief durch. „Ich bin so wütend auf dich, David. Nicht in meinen schlimmsten Träumen hätte ich mir vorgestellt, daß du so etwas tust."

Er trat von einem Fuß auf den anderen und stopfte die Hände in die Taschen. „Du redest genau wie Dad."

„Weil dein Vater und ich uns in diesem Punkt absolut einig sind."

Voller Wut sah sie auf seinen hängenden Kopf. War das das Kind, das früher so unkomplizierte Fröhlichkeit ausgestrahlt hatte? Der Junge, der sich zu einem relativ ernsthaften Teenager entwickelte, gut im Sport und in seinen schulischen Leistungen?

Mit Mühe schluckte sie ihren Ärger hinunter. „Jetzt komm, wir wollen Holz zum Grillen sammeln, und du kannst uns ein paar Steaks braten. Okay?"

Über ihren milden Ton war er so überrascht, daß sie grinsen mußte. „Später schimpfe ich trotzdem mit dir", erklärte sie. „Heftig, worauf du dich verlassen kannst."

Als sie hineingingen, läutete das Telefon. Carol sah auf die Uhr. Tante Sarah war überpünktlich. Gestern hatte

Carol eine E-mail von ihrer Tante erhalten, die wissen wollte, wann und wo sie mit David reden könne. Carol sah sie direkt vor sich, wie sie in ihrem Landhaus in den Blue Mountains auf ihren Computer-Monitor starrte, dann mit zwei Fingern in die Tasten hackte. Die elektronische Kommunikationsrevolution war nicht an Tante Sarah vorübergegangen. Im Gegenteil, sie hatte sich mit Elan auf die neue Technologie gestürzt und schickte Carol ständig E-mails mit Kommentaren, Fragen und Ratschlägen.

Carol nahm den Hörer ab und begrüßte ihre Tante, dann reichte sie David den Hörer. „Tante Sarah, für dich."

Zwanzig Minuten später kam er nach draußen, der Dämpfer war ihm anzusehen. Auf ihre behutsame Frage murmelte er, sie hätten über nichts Besonderes geredet.

„Ich mußte es ihr sagen", erklärte Carol.

Er kickte einen Erdklumpen weg. „Wahrscheinlich", erwiderte er bedrückt.

Am späten Nachmittag holte Carol die deutsche Schäferhündin ihrer Nachbarn ab, ehe sie mit David durchs Buschland in der Nähe des Hauses joggte. Olga bellte fröhlich über diesen unerwarteten Auslauf und sprang mit solch natürlicher Anmut vor ihnen her, daß sich Carol ganz linkisch vorkam, obwohl sie eine trainierte Läuferin war.

Niemand begegnete ihnen auf den Trampelpfaden am Rand der Steilküste, eine frische Brise fegte vom graugrünen Wasser des Hafens herauf. Bisher hatte Carol ihren Sohn noch immer im Laufen besiegt, doch im vergangenen Jahr war er ordentlich gewachsen und sehr viel kräftiger geworden. Jetzt lief er vor ihr her, hopste über Unebenheiten und die restlichen Pfützen vom Regen der vergangenen Nacht.

Der Wolkenbruch kurz nach Mitternacht hatte Carol geweckt, und dann konnte sie stundenlang nicht wieder einschlafen. Sie hatte vor sich hin gedöst, ihre Gedanken waren um David gekreist und um das, was er getan hatte, um die Fälle, die sie gerade bearbeitete, was sie Sybil sagen sollte, wenn sie sich Sonntagmorgen trafen. Um halb drei war sie aufgestanden, hatte sich in einen warmen Morgenrock gehüllt und in der halbfertigen Küche Milch warm gemacht. Es roch nach Sägemehl und Leim, denn die neue Bank war eingebaut worden, und Carol versuchte sich vorzustellen, wie die Küche aussähe, wenn sie fertig wäre.

Sinker freute sich, daß sie aufgestanden war, und machte ihr klar, daß er einen Mundvoll erwartete. So stellte sie ihn zufrieden, indem sie sein Frühstück ein paar Stunden vorverlegte. Hinten im Schrank spürte sie ein altes Päckchen Kakao auf und rührte ihn großzügig in die heiße Milch, dann setzte sie sich an die Glasschiebetüren zur Terrasse und starrte versonnen auf ihr Spiegelbild.

Der Sturm hatte sich gelegt, der Regen trommelte aufs Dach und auf das Laub der Eukalyptusbäume hinter dem Haus, es klang beruhigend, aber die Kälte von draußen kroch in die Küche und ließ Carol frösteln. Unwillkürlich dachte sie an Nicola Bratt und die anderen Obdachlosen. Individuen ohne Wohnung, ohne Schutz vor dem Wetter. Was war in Nicolas Leben passiert, das sie zu einer so armseligen Existenz auf die erbarmungslosen Straßen von Sydney getrieben hatte? Carol wußte sehr wohl, daß ein großer Teil der Obdachlosen alkohol- oder drogenabhängig war. Viele waren geistig verwirrt oder litten an schweren Persönlichkeitsstörungen, und niemand kümmerte sich um ihre Behandlung. Dennoch mußte es diesen einen Zeitpunkt gegeben haben, dachte Carol, als Nicola

Bratt klar wurde, daß sie kein normales Leben mehr führen konnte. Vielleicht war es auch keine klare Erkenntnis, wie sehr sich ihr Dasein verändert hatte, sondern eher ein allmähliches Abgleiten, bis sie in den Mülltonnen nach Essen suchte und um Geld bettelte, ohne daß ihr recht bewußt war, wie es soweit mit ihr kommen konnte. Und sie wegen einer halben Flasche billigen Sherrys ermordet wurde.

Carol war wieder ins Bett gegangen, nicht nur vor Kälte schaudernd, sondern auch bei solchen Gedanken. Aber die heiße Milch wirkte Wunder, wie ihre Mutter immer gesagt hatte, wenn Carol früher als Kind nicht schlafen konnte. Sie sank in einen tiefen traumlosen Schlaf, den sie luxuriöserweise um eine Extrastunde ausdehnen konnte, weil sie ihr übliches Lauftraining am Nachmittag mit Davis absolvieren würde.

Sie grinste, als David jetzt das Tempo erhöhte. Der Pfad war noch holpriger geworden, ausgewaschen vom Winterregen, so daß die Geschwindigkeit schwer durchzuhalten war. „Du wirst langsam alt, Mum!“ rief David über die Schulter. Da glitt er auf dem glitschigen Boden aus und fiel auf die Nase.

Lachend half Carol ihm hoch, assistiert von Olga, die herbeigerannt war. „Wie sagt das alte Sprichwort? Hochmut kommt vor dem Fall, glaube ich.“

Weiß glänzten seine Zähne in dem Schlammgesicht. „Gebongt.“

Er schüttelte seine Kleidung ab, und dann gingen sie weiter, bis sie zu Carols Lieblingsplatz kamen, ein Felsvorsprung, der über Middle Harbour ragte. Es roch angenehm nach feuchter Erde und Eukalyptus. Olga stöberte in der Gegend herum. Aber solange Carol mit ihr durchs Buschland lief, hatte Olga noch nie eine Beute gemacht.

Im Frühjahr, wenn die Elstern brüteten, mußte sie sich, im Gegenteil, vor deren Angriffen hüten, wenn sie den Nestern zu nahe kam.

Carol wurde bewußt, daß ihr Sohn sie bald überragen würde, und sie legte ihm den Arm um die Schultern. Der Sonnenuntergang war ein flammend orangeroter Streifen, und die hohen Wolken leuchteten unterwärts rötlich. Weit hinten im Westen über der gewundenen Steilküste Middle Harbours konnte sie die Konturen der Fernsehtürme ausmachen.

„Wundervoll, nicht?" bemerkte sie, hingerissen, diesen Moment mit einem nahestehenden Menschen zu teilen. Sie fühlte sich selten einsam, aber das Zusammensein mit David brachte ihr unangenehm in Erinnerung, wieviel reicher ihr Leben sein könnte.

„Nicht übel", antwortete er. „Mir ist kalt. Machen wir einen Wettlauf zurück."

5

Sonntagmorgen war es windig und kalt, aber es schien auch die Sonne. Wolkenfetzen jagten am Himmel dahin, die Bäume bogen sich in der steifen Brise. David saß auf dem Beifahrersitz und spielte an ihrem Autoradio herum, offenbar auf der Suche nach der ohrenbetäubendsten Popmusik, die er finden konnte.

Erst als sie schon auf dem Wakehurst Parkway waren, auf halbem Weg zu Sybils Haus, drehte er einen besonders nervenden Song ab, in dem ein näselnder Sänger den Verlust seiner großen Liebe bejammerte. „Ich muß doch nicht wirklich von der Schule abgehen, nicht wahr, Mum?“ fragte David.

Carol sah in sein ernstes Gesicht. „Ich glaube doch.“

„Aber Dad kann das hindrehen, oder? Der Direktor wird auf ihn hören.“

„Ich bezweifle, daß dein Vater da irgendwas tun kann. Es ist eine strikte Schulregel. Keine Drogen.“

„Es ist eine blöde Regel! Ich könnte dir von andern Jungs erzählen, die's auch getan haben und nicht rausgeflogen sind.“

„Hier geht's aber nicht um andere Jungs. Hier geht's um dich.“

Er sank in den Sitz zurück. „Aber da sind all meine Freunde, und ich bin in der Fußballmannschaft und im Leichtathletikteam –“ Er kaute auf seinem Daumennagel herum. „Das ist nicht fair.“ Er blickte sie von der Seite an. „Kannst du das nicht ausbügeln? Ich meine, wenn die Sache nicht vor Gericht kommt, ist es vielleicht für die Schule erledigt – als ob es nie passiert wäre.“

„Es ist passiert, David, und ich habe deinem Vater schon gesagt, daß ich nicht versuchen werde, meine Verbindungen spielen zu lassen.“

Er glitt tiefer in seinen Sitz und wiederholte: „Das ist nicht fair.“

„Nicht fair?“ Carol hörte, daß ihre Stimme scharf wurde. „Nicht fair ist, daß du nicht einen Gedanken an die Konsequenzen verschwendet hast – und zwar nicht nur für dich, auch für andere Menschen. Damit meine ich nicht nur deinen Vater und mich, sondern auch die Kinder, die du beliefert hast, und deren Familien. Hast du je daran gedacht?“

Er biß sich auf die Lippen. Sie konnte sehen, daß ihm die Tränen in die Augen stiegen, und sagte: „David, dies ist nicht das Ende der Welt, aber du hast dir ein paar Unannehmlichkeiten eingebrockt, die du auslöffeln wirst."

Er ließ die Schultern hängen und wandte den Kopf ab. Den Rest der Fahrt schwiegen beide.

Sybils Haus lag oben auf der Steilküste und hatte eine betörende Aussicht auf Himmel, Meer und Sand. Riesige Felsbrocken säumten den Strand und waren im Lauf der Zeit so verwittert, daß es aussah, als schauten uralte Gesichter auf die Brandung des Meeres.

Noch bevor Carol den Wagen in der Einfahrt abstellte, war David herausgesprungen. „Sybil! Da bin ich!"

Carol sah ihre rote Mähne fliegen, dann war sie schon die Treppe hinunter und umarmte ihn. David hatte Sybil kennengelernt, als er neun war, und dann hatte Carol mit ihr zusammengelebt. Er liebte Sybil mit unkomplizierter Freude. Sie nahm ihn zum Schwimmen und Fischen mit und mäkelte nicht an ihm herum. Carol hielt Sybil für die ideale Tante, was gut war, denn richtige Tanten hatte er nicht, da sowohl Carol als auch Justin Einzelkinder waren.

Carol wollte gerade aussteigen, da hob Sybil die Hand und hielt sie davon ab. „Carol, ich weiß, daß du sehr viel zu tun hast, also fahr los. Sag mir nur, wann David zu Hause sein soll."

„Ist fünf Uhr zu spät?"

„Keineswegs. Bis dann also."

Carol sah ihnen nach, wie sie die Treppe zum Haus hochstiegen, ihr war sehr wohl bewußt, daß Sybil nicht mit ihr sprechen, sie nicht in ihrem Haus haben wollte. Oben auf der Treppe drehten die beiden sich um und winkten, während Carol rückwärts aus der Einfahrt setzte. Seit sie sich kennengelernt hatten, hatte Sybil ein wenig zugenommen, und es stand ihr sehr gut.

Sie hatte sich um elf Uhr mit Bourke bei Felicity Banning verabredet. Nach einem Blick auf die Uhr sah Carol, daß sie Zeit genug hatte, und schlug den längeren Weg die Küste entlang ein. An der Küste im Norden der Stadt reihte sich ein herrlicher Strand an den anderen, und das tiefblaue Wasser mit den weißen Schaumkämmen hatte etwas Tröstliches für sie. Starke Winde peitschten die Wellen hoch, und so bog Carol am Mona Vale-Krankenhaus ab zu dem kleinen Hochplateau, von wo aus sie das Meer gegen die Küste branden sehen konnte. Das war aufregend und beruhigend zugleich.

Sie drehte das Fenster herunter und ließ sich die steife Brise ins Gesicht wehen. Unter der Brandung der Wellen schien die Felswand zu vibrieren, die feine salzige Gischt trieb durch die Luft gegen die Windschutzscheibe. Sie schmeckte den Belag auf ihren Lippen.

Als sie die Scheibe hochdrehte und den Wagen anließ, kam ihr plötzlich ein Gedanke. Das Fenster von Bannings Rolls-Royce war offen gewesen, aber warum? Es war an jenem Morgen kalt und regnerisch gewesen, und sie hielt es für unwahrscheinlich, daß ein Mann wie er, an Luxus gewöhnt, sich beim Fahren die feuchte Winterluft ins Gesicht blasen ließ.

Vor Bannings Haus wartete Mark Bourke. „Ich bin fast pünktlich, höchstens zwei Minuten zu spät“, sagte sie.

„Ich kam ein bißchen zu früh.“

Sie grinsten einander an. Carol war immer rechtzeitig. Bourke war immer zu früh.

Carol betrachtete das Haus. Die Doppelgarage, deren dunkelbraune Tore geschlossen waren, lag unter der Stirnseite. Stufen führten von der Einfahrt zur Haustür, und das Haus war aus solidem roten Klinker mit cremefarbenem Putz.

Felicity Banning öffnete die Haustür, noch ehe sie die Sandsteintreppe erklommen hatten. „Kommissarin Ashton", begrüßte sie Carol mit tonloser Stimme. Bourke nickte sie höflich zu. „Würden Sie bitte eintreten."

Carol sah sich um, während sie durch den Flur in ein lichtdurchflutetes Zimmer am Ende geführt wurden. Banning war reich gewesen, aber Geschmack ließ sich offenbar nicht mit Geld kaufen. Das Mobiliar war sichtlich teuer, doch nichts paßte zusammen. Ein schwerer Glastisch mit Messingfuß stand zwischen zwei wulstigen Sofas, deren Blumenmuster einem die Tränen in die Augen trieb. Ein Zeitschriftenständer aus Rohrgeflecht quoll vor Papier förmlich über. Auf dem polierten Parkettboden lagen verschiedenfarbige Brücken. Die aufdringliche rot-creme-gestreifte Tapete verdeckten größtenteils dichtgehängte Bilder und Fotos, in überladenen Goldrahmen bis hin zu minimalistisch schmalen schwarzen Rahmen. Hinter einem Schreibtisch aus hellem Edelholz in schwedischem Stil prangte ein schwerer Sessel in Magentarot.

„Bitte, setzen Sie sich", sagte Felicity Banning, auf ein Sofa deutend. Sie ließ sich auf dem anderen nieder und faltete die Hände im Schoß. Bei all seiner Wulstigkeit war das Sofa erstaunlich unbequem, und so rückte Carol an die Kante, statt sich in die Polster zu lehnen. „Vielen Dank, daß Sie uns empfangen haben."

Felicity Banning nickte gequält. „Möchten Sie Kaffee? Tee?" Als beide ablehnten, fuhr sie fort: „Ich kann noch immer kaum glauben, daß Walter tot ist. Ständig erwarte ich, daß er gleich zur Tür hereinkommt und sagt, es sei alles ein schrecklicher Irrtum gewesen."

Im Gegensatz zu Cardovers glatter Frau, die keinen trauernden Eindruck gemacht hatte, litt diese Frau offensichtlich. Ihr Gesicht war bleich, sie hatte dunkle Ringe unter den Augen und sah aus, als hätte sie gerade geweint. Carol schätzte sie auf fünfundvierzig, sie war teuer, doch unelegant gekleidet. Sie hatte das Haar mit Perlmuttkämmen hochgesteckt, ein paar hellbraune Strähnen quollen darunter hervor und hingen ihr ins Gesicht.

„Ich habe die Aussage gelesen, die Sie Inspektor Bourke zu Protokoll gegeben haben“, sagte Carol. „Sie war sehr aufschlußreich, trotzdem sind da noch ein paar Fragen.“

Geistesabwesend bearbeitete Felicity Banning die Falte zwischen ihren Augenbrauen mit dem Zeigefingerknöchel und erwiderte: „Ich habe Ihnen doch schon gesagt, daß ich keine Ahnung habe, wer Walter umgebracht haben könnte.“

„Wissen Sie, daß sein Partner, Eric Cardover, Freitagmorgen verstorben ist.“

„Ja. Ich habe Phyllis angerufen und kondoliert.“ Sie verzog den Mund zu einem müden halben Lächeln. „Was mehr war als das, was sie mir entgegengebracht hat.“

Carol hätte ihre nächste Frage gern auf nette Art gestellt, wußte aber nicht wie, und so sagte sie schnörkellos: „Wir fragen uns, ob die beiden Todesfälle in einem Zusammenhang stehen.“

Überraschung verdrängte die Trauer auf Felicity Bannings Gesicht. „Ist denn irgendwas verdächtig an Erics Tod? Ich dachte, er hatte noch einen Herzinfarkt.“

„Das wissen wir noch nicht“, erklärte Bourke. „Aber es ist durchaus möglich, daß Mr. Cardover keines natürlichen Todes gestorben ist.“

Sie schien für die Ablenkung dankbar zu sein. „Eric ermordet? Würde das bedeuten, daß es etwas mit Banning & Cardover zu tun haben könnte? Wir pflegten gesellschaftlich keinen Umgang miteinander, insofern hatten wir keine gemeinsamen Freunde oder, eventuell, Feinde. Das Geschäftliche war die einzige Verbindung."

„Was geschieht denn jetzt mit dem Unternehmen?"

„Es wird zwischen den Familien aufgeteilt, aber Walter hielt fünfundfünfzig und Eric fünfundvierzig Prozent. Ich nehme an, daß ich an der Gesellschaft den Mehrheitsanteil halte, denn wir haben ja keine Kinder." Sie seufzte. „Nicht, daß mich das im Moment interessiert. Ich habe keine Ahnung, wer das Unternehmen leiten wird." Und mit feinem Lächeln fügte sie hinzu: „Freilich hat Jonathan Cardover Ambitionen, den Leithund abzugeben. Phyllis hat so etwas schon angedeutet."

„Bei unserer ersten Vernehmung habe ich Sie gefragt, ob Sie sich vorstellen können, daß jemand Bestimmtes es auf Ihren Mann abgesehen haben könnte. Jetzt bitte ich Sie, sich zu überlegen, ob jemand sich an *beiden* Männern gerächt haben könnte", sagte Bourke.

Ohne zu zögern antwortete sie: „Umweltschützer. Gegen das Unternehmen ist verschiedentlich protestiert worden, bei vielen Projekten, am schlimmsten war es bei dieser Mine in Neu-Guinea. Da bekamen Walter und Eric massenhaft Drohungen, daß man ihnen etwas antun würde. Ich weiß noch, daß Walter gesagt hat, Eric sei derart wütend, daß er daran dächte, Anzeige zu erstatten."

„Haben Sie irgendwelche Details? Namen?"

Felicity Banning schüttelte den Kopf. „Vielleicht weiß Walters Assistentin irgend etwas."

„Haben die beiden etwas zu ihrem Schutz unternommen?"

Sie schüttelte wieder den Kopf. „Sie müssen wissen, daß es jedesmal so war. Es wird doch gegen jede Mine und jedes Abbauprojekt protestiert, oft mit ganz massiven

Drohungen. An verschiedenen Orten ist es zu gewalttätigen Demonstrationen gekommen, doch ein Anschlag auf meinen Mann oder Cardover wurde nie verübt. Es gab keinen Grund anzunehmen, daß es diesmal anders wäre."

„Ich muß Ihnen noch eine Frage stellen, da Sie Ihren toten Mann entdeckt haben", sagte Carol.

Felicity Banning wappnete sich. „Ja?"

„Als Sie in die Garage hinuntergingen, lief der Motor, und das Fenster auf der Beifahrerseite war heruntergelassen. Stimmt das? Oder haben Sie es selbst geöffnet?"

Sie schluckte. „Nein, ich weiß noch, daß ich mich am Fenster festhielt, als ich das Blut sah. Es war so bizarr, was passiert war. Ich hab' nicht geschrien. Ich hab' ihn angefaßt, ich hab' sein Gesicht gesehen, und ich wußte, daß er tot war." Sie starrte vor sich hin, als sähe sie das alles wieder vor sich ablaufen. „Noch ein paar Minuten zuvor hatten wir in der Küche miteinander geredet."

Carol signalisierte Bourke mit einem Blick, daß sie an diesem Punkt nicht nachhaken wollte. Er deutete mit dem Kopf zu dem hellen Schreibtisch. „Haben Sie inzwischen die Papiere Ihres Mannes durchgesehen?"

„Tut mir leid, Inspektor, ich hatte noch keine Zeit." Sie hob die Hände und ließ sie wieder in ihren Schoß sinken. „Eigentlich ist das eine Lüge. Ich hatte schon die Zeit, aber ich kann mich einfach zu nichts aufraffen."

Carol konnte sich vorstellen, welch lähmende Trostlosigkeit sie empfinden mußte. „Der Leichnam Ihres Mannes wird morgen früh freigegeben. Sie können also die Beerdigung arrangieren."

„Die Beerdigung arrangieren?" wiederholte sie geistesabwesend. „Ja, natürlich." Sie schien in sich zusammenzusinken, als fühle sie sich von dieser zusätzlichen Anforderung absolut überfordert.

„Haben Sie eine Person, die Ihnen helfen könnte?" fragte Carol.

„Meine Schwester." Und dann fügte sie hastig hinzu: „Vielen Dank für Ihre Anteilnahme, Kommissarin. Ich werde es schon schaffen."

Sie stellten noch ein paar Fragen, aber für Carol war klar, daß es besser war zu warten, bis Bannings Witwe ihren ersten Schock überwunden hatte.

Als sie mit Bourke auf der Straße stand, bemerkte er: „Wenn sie ihren Mann umgebracht hat, ist sie die beste Schauspielerin auf der Welt."

Carol war ganz seiner Meinung, sagte aber: „Immer ist alles möglich. Wir haben schon andere oskarverdächtige Aufführungen erlebt."

„Diese Umweltschützer mit ihren Drohungen – wir brauchen da Einzelheiten."

„Genau der richtige Job für dich, Mark", sagte Carol.

„Ich werde Anne die Nachforschungen aufhalsen. Sie engagiert sich in diesen Dingen."

Carol zog eine Augenbraue hoch. Nie hätte sie Anne Newsome für den Typus gehalten, der einer Protestgruppe angehört. „Sag ihr, sie soll sich auf die Aktion in Neu-Guinea konzentrieren. Dort scheint es den größten Wirbel gegeben zu haben."

Ehe sie in ihre Autos stiegen, erinnerte Bourke: „Und vergiß den morgigen Abend nicht." Er verzog den Mund. „Du kannst da nicht mehr raus. Ich hab' gehört, wie du es Pat versprochen hast. Übrigens gibt's ein Bonbon. Der Premier wird da sein."

„Na, das ist doch ein echtes Plus", erwiderte sie ironisch.

„Obendrein gibt's Wein und Käse. Und Hors d'Oeuvres vom Feinsten."

„Verlockend.“

„Für die Qualität des Essens garantiere ich. Pat ist zwar in Mutterschaftsurlaub, kann aber nicht widerstehen, alles für die Galerie zu organisieren. Außerdem gefällt dir die Kunst der Aborigines.“

Pat war bekannt in der Kunstszene Sydneys und hatte sich kürzlich mit einer Galerie selbständig gemacht, die junge aufstrebende Künstlerinnen und Künstler ausstellte. Am Anfang hatte Carol es merkwürdig gefunden, daß der pragmatische Bourke sich in eine Frau aus dieser Szene verliebte, doch ihre Ehe klappte ganz offensichtlich. In all den Jahren, die sie inzwischen mit Bourke zusammenarbeitete, hatte sie ihn nie so glücklich gesehen. Und die Geburt ihrer Tochter hatte dem Ganzen die Krone aufgesetzt. Wie er ihr gegenüber erklärt hatte, wobei er grinste, um die Leidenschaft der Aussage abzuschwächen, sein Leben war vollkommen.

Sie sagte ihm, er sollte Pat versichern, sie käme, egal was passierte, und stieg in ihr Auto. Sie hatte vorgehabt, ins Büro zu fahren und die Akten des Fader-Falls noch einmal durchzugehen, statt dessen lenkte sie den Wagen unversehens zum Long Bay-Gefängnis, in dem Matthew Bott einsaß.

Eigentlich gab es keinen triftigen Grund, selbst mit ihm zu reden, doch sie hatte irgendwie das Gefühl, als schulde sie es Nicola Bratt. Sie hatte keine Ahnung, warum gerade dieser Fall ihr so am Herzen lag; Überfälle auf und gelegentlich auch Morde an Obdachlosen gehörten in einer Großstadt wie Sydney zum Alltag. Vielleicht lag es an der Sorgfalt, mit der diese Frau Führerschein und Papiere aufbewahrt hatte. Vielleicht hatte sie einmal ein Auto besessen und war wie andere Normalbürgerinnen durch die Straßen gefahren.

Es herrschte nur wenig Verkehr, und schon bald bog sie auf den vollen Parkplatz für Gefängnisbesucherinnen und -besucher. Obwohl Carol den Geruch im Gefängnis kannte, konnte sie ihn nie ignorieren. Sie hatte so viele Verbrecher an seelenlose Orte wie diese gebracht in der festen Überzeugung, daß sie ihre Strafe verdienten, trotzdem wußte sie, daß sie selbst es kaum ertragen würde, eingesperrt, institutionalisiert zu sein.

Sie mußte nur kurz im Vernehmungsraum warten, bis Bott hereingeführt wurde. Er war von schmächtiger Gestalt und hatte nichts Streitlustiges an sich, sein Gesicht war grau, sein Haar schütter, seine Hände flatterten. Er verbeugte sich respektvoll vor ihr und glitt auf die Holzbank auf der anderen Seite des Tisches.

„Sie haben Nicola Bratt erstochen", sagte sie.

Er starrte an ihr vorbei auf die Wand. „Ja, das hab' ich."

„Warum?"

Er verzog seine mageren Schultern und erklärte mürrisch: „Ihre Schuld. Sie wollte mein Eigentum nicht rausrücken." Ein plötzlicher Schimmer trat in seine Augen. „Haben Sie eine Fluppe?"

„Nein."

Er sank zurück und ließ den Kopf hängen, so daß sie nicht in seine leblosen Augen blicken konnte. Carol fragte: „Haben Sie sie näher gekannt?"

„Nic? Klar. Sie zieht doch seit Jahren herum. Haben Sie bestimmt keine Fluppe?"

„Ich rauche nicht."

Er grunzte widerwillig, dann begann er, sich den fleckigen Handrücken zu kratzen.

Carol schüttelte den Kopf. Was hatte sie erwartet? Plötzlich fand sie es lächerlich, daß sie überhaupt hergekommen war, und gab dem Wärter ein Zeichen.

6

Montagmorgen fuhren Carol und David schon sehr früh los, weil sie ihn heimbringen wollte. Justins Haus befand sich in einem westlichen Vorort. An einer roten Ampel sah sie zu ihrem Sohn hinüber und fragte sich erneut, was Sybil ihm wohl gesagt hatte. Gestern nachmittag war er nachdenklich und ungewöhnlich schweigsam nach Hause gekommen. Auf ihre Frage hatte er nur vage geantwortet: „Ach, wir haben über alles Mögliche geredet." Und später hatte er gesagt: „Mum, es tut mir leid, was passiert ist. Es war wirklich dumm, was ich getan habe."

Sie hatte ihn in die Arme genommen und an sich gedrückt. „Wir werden schon damit fertig."

Als sie vor Justins noblem Etablissement parkte, ein wahrhaft extravagantes Haus, beschloß sie, mit David hineinzugehen, um ein paar Worte mit ihrem Exmann zu wechseln, doch der war bereits zum Gericht gefahren. Während David nach oben ging und seine Tasche auspackte, schnupperte Carol den Duft frischen Kaffees in der Küche und ließ sich von Eleanor ohne Widerspruch zu einer Tasse überreden.

„Der ist himmlisch", sagte sie, nachdem sie gekostet hatte. „Im Büro trinke ich eine schwarze Brühe, die Kaffee heißt, es ist flüssiger Teer mit einem Schuß Coffein."

Sie plauderten ein Weilchen über belanglose Dinge, bis Eleanor fragte: „Bist du zu David durchgedrungen? Justin hat ihn nur angebrüllt oder war eiskalt vor Wut, was offenbar nichts bewirkt."

„Ich habe auch mit ihm geschimpft." Carol grinste bedauernd. „Eigentlich war es Sybil, die offensichtlich zu ihm durchgedrungen ist. David war gestern bei ihr am Strand, und als er zurückkam, war er entschieden nachdenklicher und nicht mehr so aufsässig."

„Du und Sybil –" Eleanor hielt inne und blickte sie höflich fragend an.

„Leider nein."

Etwas verlegen entschuldigte sich Eleanor. „Tut mir leid, das hätte ich nicht sagen sollen."

„Ist schon gut." Aber Carol fand es gar nicht gut. Plötzlich wurde ihr bewußt, daß sie wütend auf Sybil war, weil sie David gestern an ihrer Gartentür abgesetzt und sich geweigert hatte, hereinzukommen und sich den Umbau anzusehen.

„Die Zeitung hat die Geschichte gebracht", sagte Eleanor jetzt. „Hast du sie heute morgen schon gelesen?"

„Ich hab' sie im Wagen, vielleicht kann ich im Büro einen Blick hineinwerfen, aber heute morgen hatte ich nicht einmal Zeit für die Schlagzeilen."

Eleanor reichte ihr das Blatt. „Seite drei, oben links. Justin ist bereits von Reportern belästigt worden."

Es war genau das, was Carol erwartet hatte. Natürlich wurden in dem Bericht keine Namen genannt, da es sich um Jugendliche handelte, doch es bedurfte nur eines kurzen Anrufs bei einem Polizisten oder einer Lehrkraft, um die Namen der betroffenen Familien auszuposaunen. Carol war sicher, daß sie im Büro bereits ein paar Nachrichten erwarteten. Für die Journaille war es ein gefundenes Fressen, daß von einem der suspendierten Schüler nicht nur ein Elternteil, sondern beide bekannte Persönlichkeiten waren.

Drogenverdacht: Fünf Schüler suspendiert

> Fünf Schüler der exklusiven North Shore-Privatschule wurden wegen Besitzes und Rauchens von Cannabis einstweilen suspendiert. Der Direktor erklärte dazu, an seiner Schule herrsche striktes Drogenverbot, und sollte sich der Vorwurf bewahrheiten, würden die Schüler der Schule verwiesen.

„Das Problem ist", erklärte Eleanor, „dies muß der dritte oder vierte Fall in den letzten Monaten sein, daß Schüler von Privatschulen mit Marihuana erwischt wurden. Ich glaube, daß an David und den anderen ein Exempel statuiert werden wird, was Schülern blüht, die gegen die Regeln verstoßen."

David polterte die Treppe herab und kam in die Küche. „Ich sterbe vor Hunger. Was gibt's zu essen?"

„Ich hab' dir doch ein Frühstück gemacht", protestierte Carol.

„Mum, das ist doch schon Stunden her."

Er schien seine gute Laune wiedergewonnen zu haben, riß die Kühlschranktür auf und begutachtete den Inhalt. Carol unterbrach ihn und verabschiedete sich mit einem Kuß, wobei ihr nicht entging, wie er sich dabei wand. „Du bist ein Heuchler", sagte sie. „Du weißt, wie gern du dich knuddeln läßt." David bedachte sie mit einem Machoblick und wandte sich wieder dem Kühlschrank zu.

Eleanor brachte Carol zum Wagen. „Glaubst du, ihm ist klar, wie ernst die Sache ist?" fragte sie Carol.

„Es dämmert ihm langsam. Nach außen hin gibt er sich ziemlich großspurig, aber ich weiß, daß ihm die Aussicht, Schule und Freunde zu verlassen, enorm zusetzt."

„Sein Vater wird seine Beziehungen spielen lassen, trotzdem wird es nicht so einfach sein, eine geeignete Schule für David zu finden oder jedenfalls eine, die für Justin akzeptabel ist.“

Carol grinste. „Ich habe ihm die städtische Highschool dieses Bezirks vorgeschlagen, aber Justin war nicht sehr erbaut davon.“

„Das kann ich mir denken“, sagte Eleanor lachend.

Obgleich sie aus der anderen Richtung zum Präsidium fuhr, änderte das nichts am Verkehr, der hier ebenso dicht war wie auf Carols üblicher Strecke von der Nordküste. Normalerweise voller Ungeduld, machte es ihr heute morgen nicht soviel aus, daß sie im ständigen Bremsen und Anfahren vorwärtskroch, so daß sie genausogut hätte zu Fuß gehen können. Sie nutzte die Zeit, ihre aktuellen Fälle zu überdenken. Matthew Bott würde heute des Mordes angeklagt werden. Bei dem Urteil, wenn es schließlich zum Gerichtsverfahren kam, stünde das Strafmaß schon vorher fest, und Bott würde wahrscheinlich den Rest seines Lebens hinter Gittern verbringen.

Im Fall Fader erwartete sie heute die Ergebnisse des DNA-Tests, und wenn die auf den Bruder verwiesen, wie erwartet, würde er verhaftet und angeklagt.

Der Mord an Walter Banning war eine andere Größenordnung. Banning & Cardover war ein privates Unternehmen, das ein ganzes Geflecht an Aktiengesellschaften kontrollierte. Es war sehr wohl möglich, daß das Ableben der beiden Firmeninhaber schwere Kurseinbrüche bei den anderen Gesellschaften zur Folge hätte. Cardover konnte noch immer eines natürlichen Todes gestorben sein, doch Banning war vorsätzlich ermordet worden, und das Motiv für seinen Mord konnte mit seinen Geschäften zu tun haben oder mit seinen privaten Beziehungen.

Warum gerade dieses Opfer? Und warum gerade jetzt? Es faszinierte Carol: das Leben eines anderen Menschen zu durchforsten und nach den Mustern zu suchen. Im Alltag sah niemand die Komplexität, die ein Individuum ausmachte, sondern nur bestimmte Aspekte, die er oder sie einer/einem Geliebten offenbarte oder einer Freundin oder einem Kollegen. Bei einer detaillierten Untersuchung eines gewaltsamen Todes jedoch wurden all diese vielen Aspekte verglichen und einander gegenübergestellt, und obwohl Carol gelegentlich die Rätselhaftigkeit eines Opfers verblüffte, kam das verborgene zentrale Selbst eines Menschen doch oft zutage.

Bei ihrem Eintreffen wartete Bourke schon mit einer Akte auf sie. „Der Autopsiebericht über Banning und nichts Neues. Und die Ballistiker haben nichts zum Vergleichen. Die Kugeln stammen aus einer Zweiundzwanziger, das ist alles, was sie sagen."

„Das hilft uns nicht viel weiter."

„Ich habe Valerie Rule, Bannings persönliche Assistentin, für heute morgen hergebeten. Möchtest du bei der Befragung dabei sein?"

„Wir machen es zusammen."

„Etwas Positives gibt es doch noch", erklärte Bourke. „Der DNA-Test im Fall Fader hat beim Bruder ein positives Ergebnis gebracht."

Daß dieser Fall gelöst war, erleichterte Carol sehr. „Das reicht an Beweisen. Verhafte ihn."

„Bloß ein Streit, der eskaliert ist." Bourke schüttelte den Kopf.

Der Totschlag war so sinnlos wie unnötig gewesen. Die beiden Fader-Brüder hatten unterschiedliche Ansichten über die Führung ihrer Autowerkstatt und waren sich darüber derart in die Haare geraten, daß es zur blutigen Auseinandersetzung kam, an deren Ende der eine mit eingeschlagenem Schädel am Boden lag. Der andere war so geistesgegenwärtig gewesen, sich nebenan im Waschraum zu duschen, umzuziehen und dann seinen Bruder tot „aufzufinden". Seine Abschürfungen und Blutergüsse im Gesicht sowie das gebrochene Nasenbein erklärte er mit einem Sturz, doch die Blutproben am Tatort wiesen ihn beim DNA-Test eindeutig als Täter aus.

Carol fragte sich, wie groß die Ressentiments und der Ärger zwischen den Brüdern in der Vergangenheit gewesen mußten, daß es nur eines Funkens bedurfte, einen banalen Konflikt zu einem tödlichen Kampf ausarten zu lassen.

Bourke folgte Carol in ihr Büro. „In Cardovers Krankenzimmer gab es keine interessanten Fingerabdrücke, aber ich lasse es bis zur Obduktion versiegelt."

„Dr. Olson wird nicht sehr begeistert sein, denke ich."

„Nicht sehr. Er hat bereits den Chef angerufen und sich beschwert."

Als Carol ihre Aktenmappe auf den Tisch legte und auszupacken begann, fügte Bourke hinzu: „Da ist noch etwas. Anne hat im Internet recherchiert, welche Gruppen gegen Bannings Unternehmen protestiert haben, und dabei ist sie auf eine so bizarre Webseite gestoßen, daß sie förmlich ausflippt; sie hat zumindest einen verdächtigen Todesfall entdeckt, der mit Bannings Tod in Verbindung stehen könnte."

Carol hielt inne. „Ein Kollege von ihm?"

„Nein, irgendein Typ, der westlich von Dubbo mitten im Nichts Känguruhs gejagt hat. Guthrie hieß der Bursche. Sie hat die Kollegen in Dubbo gebeten, die Informationen herüberzufaxen." Er deutete auf ihren Posteingangskorb. „Das ist es."

Carol sah ihre junge Kriminalmeisterin erwartungsvoll an. „Also, Anne, Edward Guthrie wurde bei der Känguruhjagd versehentlich getroffen. Zum Glück für die Känguruhs. Ich habe den Untersuchungsbericht über seinen Tod gelesen und kann weiter nichts Verdächtiges daran finden."

„Vielleicht ist es ja kein Unfall gewesen."

Carols Sessel quietschte altersschwach, als sie sich zurücklehnte. Das Kunstleder ächzte, und seit neuestem knirschte der Drehmechanismus verdächtig. Die bürokratische Mühe, in naher Zukunft unvermeidlich einen neuen Schreibtischstuhl beantragen zu müssen, schmeckte ihr gar nicht.

Anne Newsome wartete gespannt auf ihre Reaktion. „Es waren noch andere Jäger dabei, nicht wahr?" fragte Carol. „Ich würde sagen, daß bestimmt eine Reihe von denen auf alles schießt, was sich bewegt. Wieso sollte nicht irgendein Idiot, der sich für einen Schützen hält, in die Gegend geballert haben?" Sie schob den Bericht über den Tisch. „Lesen Sie ihn noch einmal, Anne. Der amtliche Leichenbeschauer kommt zu dem Schluß, daß sein Tod ein Unfall war. Von einer unbekannten Person erschossen. Jedes Jahr werden Jäger von anderen Jägern erschossen."

„Für mich sieht es aus, als ob Guthrie unter Beobachtung stand."

Carol unterdrückte ein Lächeln über Annes Verbissenheit. Sie erinnerte Carol immer daran, daß sie in Annes Alter genauso gewesen war. „Und woher nehmen Sie das?"

„Auf einer Webseite mit Namen *Gaias Rache* gibt es eine Namensliste. Das ist eine Umweltschutzorganisation mit Sitz in den Vereinigten Staaten, aber überall auf der Welt gibt es Ableger davon. Edward Guthries Name steht auf der Liste und Walter Bannings auch. Ich habe alles Wichtige ausgedruckt." Sie reichte Carol einen grünen Plastikschnellhefter und fragte: „Ist Ihnen Gaia ein Begriff?"

„Vage. Ich glaube, es hat mit New Age zu tun. Die Erde als lebender Organismus, oder so ähnlich, stimmt's?"

„Es wird auf der Webseite erklärt. In der griechischen Mythologie ist Gaia die Göttin der Erde. Dem Begriff Gaia liegt der Gedanke zugrunde, daß alle Systeme des Lebens voneinander abhängig sind und zusammenarbeiten wie ein riesiger Organismus oder ein gewaltiges Wesen. Angeblich korrigiert Gaia sich selbst, wenn also irgend etwas die Erde ernsthaft bedroht, muß es verändert oder, falls das nicht funktioniert, zerstört werden."

„Das würde bedeuten, daß eines der Hauptprobleme von Gaia die Menschen sind?" fragte Carol eher flapsig.

Anne lächelte nicht. „So ist es", sagte sie.

Carol schlug den Schnellhefter auf und überflog den sorgfältig zusammengestellten Inhalt. „Ich habe gar nicht bemerkt, daß Marks Ordnungsliebe Sie angesteckt hat." Und mit Blick auf ihren eigenen von Papieren übersäten Schreibtisch: „Offensichtlich bin ich immun dagegen."

Anne verzog keine Miene und war klug genug, wie Carol fand, sich jeden Kommentar zu verkneifen.

„Mark sagt, daß Sie einer Protestgruppe angehören. Ist das so etwas wie *Gaia?"*

Anne errötete leicht. „Ich bin im Vorstand einer Tierschutzorganisation namens *Creatures' Comfort.*" Sie blickte Carol ein wenig herausfordernd an. „Allerdings nicht radikal." Sie deutete auf den aufgeschlagenen Schnellhefter. „Mir ist vorher gar nicht bewußt gewesen, daß unsere Organisation durch ein Link mit der Webseite von *Gaias Rache* verbunden ist, genauso wie viele andere. Ich hab' eine Liste ausgedruckt."

Carol blätterte weiter, bis sie auf die Liste stieß. Es waren etwa fünfzehn Organisationen in aller Welt, die gegen die Zerstörung des Regenwaldes, das Ausrotten wilder Tiere, die Verschmutzung der Meere kämpften, sich für die Rechte von Tieren engagierten oder genmanipulierte Nahrung anprangerten. „Es sind auch extremistische Gruppierungen darunter."

„Sicher sind einige von ihnen fanatisch, wie die Gruppe, die letztes Jahr diesen Biochemiker aus Oxford gekidnappt hat, oder die, die erklärt hat, für die Versenkung des japanischen Walfangschiffs verantwortlich zu sein."

„Und wie hängen *Gaia* und Banning zusammen?"

„Schauen Sie auf die letzte Seite."

Die Überschrift lautete WICHTIGE STREICHUNGEN. Unter den Monaten Januar bis Dezember des laufenden Jahres standen Namen in alphabetischer Reihenfolge, mit Ort und Anmerkung versehen. Unter August las Carol:

BANNING, WALTER. Sydney, New South Wales, Australien. Vergiftet Flüsse. Verseucht die Umwelt. Beutet Arbeitskräfte aus. Besticht Beamte.

GUTHRIE, EDWARD. Umgebung von Dubbo, New South Wales, Australien. Zerstört die Umwelt.

„Inwiefern zerstört Edward Guthrie die Umwelt?" fragte Carol.

„Er hat auf eine Insel vor der Küste von Queensland eine Ferienanlage gesetzt, die das Wasser derart vergiften soll, daß die nächstliegenden Korallenriffe im Absterben begriffen sind."

Carol überflog die übrigen Namen. Einer erregte ihre Aufmerksamkeit. „Unter Juni steht hier Herman Ratner", sagte sie. „Der ist ohne Zweifel eines natürlichen Todes gestorben und nicht ermordet worden. Er erlitt einen Herzinfarkt bei einem Bankett in Tokio."

Ratners Tod vor zwei Monaten hatte Schlagzeilen gemacht. Der britische Minenbesitzer, der mit einer skandalösen Scheidung nach der anderen Furore machte, hatte mit fragwürdigen Minenprojekten – die meisten in Ländern der Dritten Welt – ein Vermögen gemacht. Bei diesem Bankett sollte sein neuester Coup verkündet werden, doch da ereilte ihn der tödliche Herzinfarkt.

Als Carol aufblickte, sah Anne sie unverwandt an. „Womöglich ist es makaber, Namen auf diese Weise aufzulisten, Anne, aber es verstößt nicht gegen das Gesetz. Wenn einer Person etwas zustößt, die *Gaias Rache* für einen Umweltverbrecher hält, wird der Name auf die Liste gesetzt. Sofern der Name eines Opfers auf der Liste erscheint, noch ehe es tot ist – also *das* wäre verdächtig!"

„Sehen Sie sich mal die Orte unter jedem Monat an", sagte Anne. „Das ist doch ganz interessant."

Carol überflog die Liste. „Ich sehe, was Sie meinen. Die Todesfälle häufen sich in bestimmten Gegenden."

Im Zeitraum Januar/Februar waren drei Tote in den Vereinigten Staaten und ein vierter in Kanada aufgeführt. Im März zwei in England und einer in Belgien. Im April gab es keinen Eintrag, dann im Mai zwei in Brasilien. Im Juni war es Ratner in Tokio und dazu ein japanischer Name in Kioto. Der Juli folgte nicht diesem Schema: Die vier Orte lagen in Südafrika, Irland, Indonesien und Italien. Bei dem letzten Namen unter diesem Monat klingelte bei Carol irgend etwas. „Martina Isadora kommt mir irgendwie bekannt vor."

„Ich weiß alles über sie durch *Creatures' Comfort*", sagte Anne angewidert. „Sie besaß Nerzfarmen und belieferte die Modeschöpfer der Haute Couture in Europa. Es war nicht schade um sie." Dann wurde sie verlegen. „Entschuldigung, das hätte ich nicht sagen sollen, aber die Lebensbedingungen dieser Tiere waren grauenhaft und ihr Tod nicht minder."

„Anne, das ist allzu weithergeholt. Mitglieder dieser *Gaia*-Organisation haben eine Liste von Leuten erstellt, deren Tod sie überaus freut, weil sie nun keinen Schaden mehr anrichten können."

Anne legte den Kopf schief. „Vielleicht haben Sie recht, aber kann ich das weiter recherchieren?"

Carol gab ihr den grünen Schnellhefter zurück. „Na gut, es ist ein Schuß ins Blaue, aber sehen Sie, was Sie herausfinden können. Es wäre interessant zu wissen, ob es einen Ableger in Australien gibt."

„Gibt es", sagte Anne und stand auf. „Ich besorge Ihnen die Informationen."

Gaias Rache, dachte Carol kopfschüttelnd, welch ein Name. Gewiß waren es wohlmeinende Umweltschützer, die es mit der Auflistung des Todes der Leute, die sie als Feinde der Erde erachteten, auf die Spitze trieben. Sie lehnte sich zurück, wobei ihr Sessel arthritisch ächzte. Es war zwar ein sehr unwirkliches Szenario, doch was wäre, wenn es sich um eine terroristische Gruppe handelte? Wenn ein Team weltweit operienden Serienmörder am Werk wäre und diesmal Australien das Gastgeberland?

7

„Offen gestanden, Kommissarin, wundert mich, daß Sie mich nicht schon viel früher sprechen wollten. Ich war über fünfundzwanzig Jahre Walter Bannings persönliche Assistentin. Ich weiß alles über ihn."

Valerie Rule hatte ein häßlich-attraktives Gesicht, fand Carol. Sie hatte eine Stupsnase, breite Kieferknochen und blaue Glubschaugen, dennoch war die gesamte Erscheinung irgendwie sehr akzeptabel. Sie trug ein zweifellos teures Kaschmirkostüm und eine zweireihige Perlenkette.

„Sämtliche Korrespondenz von Mr. Banning ist durch Ihre Hände gegangen?" fragte Bourke.

„Sämtliche, sowohl geschäftlich wie privat. Nichts ist über seinen Schreibtisch gegangen, das ich nicht gesehen hätte."

„Hat er in den letzten Monaten irgendwelche Drohbriefe erhalten?"

Valerie Rule prustete spöttisch. „Also wirklich, Inspektor Bourke", sagte sie in einem Ton, als habe er etwas am Kopf. „Ein Mann in Mr. Bannings Position bekommt praktisch jede Woche Drohungen in der einen oder anderen Form. Natürlich bekam er sie selten zu Gesicht. Zu meinen Aufgaben gehörte, alle belanglosen oder unangenehmen Dinge von ihm fernzuhalten." Und mit zufriedener Miene fügte sie hinzu: „Niemand, und ich meine *niemand*, wurde zu Walter Banning vorgelassen, wenn ich es nicht sagte." Sie griff nach dem Aktenköfferchen neben ihrem Stuhl. „Ich habe Ihnen die Akte mit den Schriftstücken mitgebracht, die ich für ernst genug hielt, um sie für Eventualitäten aufzuheben.“ Sie nahm einen roten Schnellhefter heraus und reichte ihn Carol. „Vielleicht wollen Sie sie ja überprüfen.“

„Ist Ihnen daran irgend etwas aufgefallen?“

„O ja. Einmal abgesehen von denen, die nicht ganz richtig im Kopf sind, waren es viele von diesen Baumumarmern. Verrückte Umweltschützer, die prinzipiell gegen jede Entwicklung protestieren.“

„Eine bestimmte Gruppe?“

Sie seufzte ungehalten. „Kommissarin, ich bin viel zu beschäftigt, mir den Namen jeder kleinen radikalen Gruppierung zu merken. Sie sind in der Akte.“

„Hat Mr. Banning jemals einen Sprecher einer dieser Umweltschutzgruppen empfangen?“ fragte Bourke.

„Natürlich nicht“, entrüstete sie sich. „Und ich hätte es ohnehin nicht erlaubt. Seine Zeit war allzu kostbar, um sie mit diesen Individuen zu vertun, deren Ziel es ist, jeden Fortschritt zu verhindern.“ Sie schnippte mit den Fingern. „Diese Leute machen viel Lärm, haben aber nicht den Mumm, irgend etwas zu *tun*. Ich glaube, Sie sollten nach etwas anderem suchen.“

Es amüsierte Carol, daß Valerie Rule den Eindruck hatte, bei der Befragung den Ton anzugeben. „Können Sie sich eine Person vorstellen, die des Mordes an Mr. Banning fähig gewesen wäre?“ fragte sie.

„Viele hätten ihn gern tot gesehen, aber wie ich schon sagte, wenige hätten den Mumm gehabt, es zu tun.“ Sie zog ihre Stupsnase kraus. „Jedenfalls ist da zunächst Jonathan Cardover. Ich denke, er ist der Hauptverdächtige.“

„Tatsächlich?“

Valerie Rule nickte bestätigend. „Der hält sich für oberschlau und konnte es gar nicht erwarten, in der Firma an den Drücker zu kommen. In dem Moment, als Mr. Cardover seinen Herzinfarkt hatte, durchwühlte Jonathan schon seinen Schreibtisch. Umgehend feuerte er Marcie Evans und bezog das Büro seines Vaters." Ihre Lippen wurden vor Mißbilligung ganz schmal. „Jonathan setzte seine eigene Assistentin ein. Rexie heißt sie. Magersüchtig und die Röcke so kurz, daß man wer weiß wohin sehen kann."

Carol sah, wie Bourke sich ein Grinsen verkniff. Er zog seine Notizen zu Rate und fragte: „Marcie Evans war in der gleichen Position wie Sie bei Mr. Cardover?"

„Daß sie eine so enge Arbeitsbeziehung hatte wie ich mit Mr. Banning, würde ich nicht sagen, aber Marcie war fast fünfzehn Jahre in der Firma. Natürlich hatte sie für Jonathan nie viel übrig, und das wußte er. Nicht halb soviel Talent wie sein Vater, doch Ambitionen für zehn."

„Sie sagten, Sie halten Jonathan Cardover für unseren Hauptverdächtigen. Wieso das?" fragte Carol.

Valerie Rule antwortete grimmig: „Vielleicht hat man Ihnen nichts von dem Streit gesagt, den er zwei Tage vor dem Mord mit Mr. Banning gehabt hat."

„Ein heftiger Streit?"

„Allerdings." Und genüßlich erklärte sie: „Ich konnte es durch die geschlossene Tür hören. Mr. Banning hat Dummköpfe nie leiden können, und von Jonathan Cardover hatte er keine sehr große Meinung. Jonathan brüllte, es sei Zeit für neues Blut an der Spitze der Firma, und Mr. Banning hat ihm gesagt, was er davon hielt."

„Er war nicht erbaut davon?" fragte Bourke lächelnd.

Sie spitzte die Lippen. „Mr. Banning sagte sehr bestimmt, nur über seine Leiche bekäme Jonathan Einfluß auf die Unternehmenspolitik. Das waren genau seine Worte. Einen Moment später stürmte Jonathan aus seinem

Büro und knallte die Tür hinter sich zu." Sie machte eine Pause, um es einsinken zu lassen, dann fügte sie hinzu: „Keine Manieren – wie seine Mutter."

„Ich habe Phyllis Cardover kennengelernt", sagte Carol.

„Ja." Valerie Rule war offensichtlich überzeugt, daß Carol von Cardovers Witwe den gleichen Eindruck gewonnen hatte wie sie.

„Es ist bloß eine Formalität, aber wo waren Sie an dem Morgen, als Banning starb?" wollte Bourke wissen.

Seine Frage amüsierte Valerie Rule. „Ich glaube nicht, daß Sie mit mir als Verdächtiger Glück haben werden, Inspektor Bourke. Ich war nämlich bereits im Büro. Ich komme immer sehr früh, gegen sieben, und das können einige Leute bezeugen. Davor war ich zu Hause – mit meinem Mann. Donald wird das zweifellos bestätigen."

Nach ein paar weiteren Fragen über Bannings Terminplan für die Woche seines Todes begleitete Bourke Valerie Rule hinaus. Als er zurückkam, erklärte er: „Ich möchte nicht in Donald Rules Haut stecken, das kann ich dir sagen!"

Carol grinste. „Überprüf alles, was sie gesagt hat, Mark. Es gibt eine Frau, der ich einen Mord durchaus zutrauen würde, wenn sie darauf erpicht wäre."

Spätnachmittags kam Anne triumphierend in Carols Büro. „Ich habe den australischen Ableger von *Gaias Rache* aufgetan. Er sitzt in Glebe. Ich habe mit dem Typen telefoniert, der die Zweigstelle leitet, einem Gerald Fitch. Er kann gleich morgen früh mit uns sprechen."

„Ich habe um zehn einen Termin", sagte Carol, der Loren Reece einfiel.

„Fitch hat gesagt, er sei ab acht im Büro."

„Gut, dann besuchen wir ihn zusammen. Und überprüfen Sie ihn, Anne. Ich möchte wissen, ob irgendwas über ihn vorliegt."

„Da ist noch etwas", erklärte Anne. „Ich habe bei *Gaia* die Webseite angeklickt: Eric Cardover steht jetzt auch auf der Liste."

Die Vernissage in Pats Galerie begann um sechs. Carol hatte Kleidung zum Wechseln mitgebracht, so duschte sie rasch im Präsidium, zog sich um und traf nur wenige Minuten nach sechs Uhr ein. Sie wußte, daß sie blendend aussah in dem lindgrünen Kleid, dem der horrende Preis anzusehen war.

Die Galerie lag in Paddington, das war nur eine kurze Fahrt. Einen Parkplatz zu finden, entpuppte sich als echte Geduldsprobe, doch als sie das dritte Mal den Block umrundete, setzte gerade jemand aus einer Parklücke.

Es waren schon viele Leute anwesend, und Carol grüßte ein paar bekannte Gesichter. Kellner reichten Wein und Platten mit Hors d'Oeuvres herum, und sie gab Bourke recht, daß die Bewirtung vorzüglich sei. Mit dem Glas in der einen und einem Kanapee in der anderen Hand sah sie sich nach Pat um. Überrascht entdeckte sie Sam Goolwa auf der anderen Seite des Raums in ein Gespräch mit einer umwerfend schönen Aboriginefrau vertieft.

Als Carol zu ihnen trat, strahlte Goolwa sie an: „Kommissarin, ich wußte nicht, daß Sie kommen würden. Ich möchte Sie mit einer der Malerinnen bekannt machen, Yvonne Gardinal. Yvonne, dies ist Kommissarin Ashton."

Interessiert bemerkte Carol, um wieviel selbstsicherer sich Goolwa außerhalb seines beruflichen Umfelds bewegte. Sie schüttelte die Hand der jungen Frau, die gerade erst dem Teenageralter entwachsen schien. „Ist das von Ihnen?“ fragte Carol und zeigte auf ein Gemälde in sattem Ocker und roten Erdfarben.

„Ja, das ist es“, antwortete sie fast flüsternd. „Und die beiden daneben auch.“

Es waren hervorragende Arbeiten, so daß sich Carol begeistert äußerte, statt nur höfliche Komplimente zu machen. Jemand eilte herbei und entführte Yvonne und Goolwa, um sie dem soeben eingetroffenen Premier vorzustellen. Carol versenkte sich in die Betrachtung der Bilder, als ihr jemand auf die Schulter tippte.

„Carol“, begrüßte sie Pat, „du hast dein Versprechen gehalten. Nun sag mir, daß sich das Kommen gelohnt hat. Manches ist spektakulär, findest du nicht?“

„Allerdings.“ Sie lächelte Bourkes Frau an. Pat war groß, ziemlich kantig und hatte eine natürliche, freundliche Ausstrahlung. „Wie geht's Carli?“

„Bestimmt hat dir Mark schon die Ohren vollgesülzt“, lachte Pat. „Ich erspare dir die Einzelheiten, nur soviel, sie ist phantastisch. Als ich von zu Hause fortging, turtelten Mark und Carli gerade herum, und ich frage mich, wer mehr Spaß dabei hatte.“ Sie nahm Carols Arm. „Jemand hat mich gebeten, dich vorzustellen. Komm mit.“

Selbstbewußt steuerte sie durch den Raum, Carol im Schlepptau. Inzwischen war es noch voller geworden, und Pat begrüßte im Vorbeigehen viele mit Namen. Manche diskutierten angeregt über die Bilder, während es für einen Großteil der Anwesenden ein rein gesellschaftliches Ereignis war, wie sie den Plaudereien, Begrüßungen und dem lauten Lachen entnahm. Den Premier und seine Frau umringte eine dichte Menschentraube, als hätten sie das große Los gezogen, in unmittelbarer Nähe des Obersten Staatsdieners weilen zu dürfen.

Pat hielt hinter einer Frau in elegantem Schwarz, die eingehend ein Bild betrachtete. „Hier bringe ich Ihnen, wie gewünscht, Carol Ashton“, stellte Pat vor. „Carol, dies ist Loren Reece.“

„Nun treffen wir uns etwas früher als erwartet“, sagte die Frau und streckte die Hand aus.

Es war ein rascher fester Händedruck. Sie war etwa so groß wie Carol, nur ein wenig schwerer, und hatte die breiten Schultern, die Carol immer mit Wettkampfschwimmerin verband.

„Loren hat soeben zwei Bilder gekauft“, erklärte Pat, „und als sie sagte, sie möchte dich kennenlernen, Carol, habe ich gesagt, wenn's weiter nichts ist, bitteschön.“

In diesem Moment wurde Pat von einem Bekannten mit Beschlag belegt und entschuldigte sich.

„Sie sammeln Bilder?“ fragte Carol.

„Eigentlich nicht. Sie sind Geschenke für Freundinnen. Ich bin keine Kunstsammlerin.“

Carol maß sie mit prüfendem Blick: Vielleicht Mitte dreißig und mit der gesunden Ausstrahlung eines sportlichen Körpers. Sie hatte dunkelbraunes Haar, gut geschnitten, wache dunkle Augen und einen belustigten Zug um den Mund.

„Habe ich die Gesichtskontrolle passiert?“ fragte sie.

„Entschuldigung“, antwortete Carol verlegen, „das ist eine Unsitte meines Berufs.“ Und um das Thema zu wechseln: „Ich glaube, den Premier kennen Sie schon.“

„Ja, ich habe ihn letztes Jahr interviewt, als ich eine Reiseserie über den Südpazifik schrieb. Durch einen Zufall erschien mein Artikel über Australien in den Staaten gleichzeitig mit einer Werbekampagne des Tourismusministeriums von New South Wales.“ Sie grinste. „Deshalb stehe ich in seiner Gunst – jedenfalls im Moment.“

Obwohl sie für Smalltalk nichts übrig hatte, hörte Carol sich sagen: „Sie kommen in Ihrem Beruf wohl viel herum."

„Ich bin dauernd unterwegs. Erst letzten Monat war ich in Rußland, China und Thailand, wo ich für meine Serie über Frauen als Gesetzeshüterinnen recherchiert habe." Sie bedachte Carol mit einem charmanten Lächeln. „Deshalb habe ich Sie natürlich auch um ein Interview gebeten."

„Ich habe im Moment sehr wenig Zeit." Carol wollte ihr gleich den Wind aus den Segeln nehmen.

„Der Mord an Walter Banning."

Als Carol sie überrascht ansah, erklärte Loren: „Ich recherchiere meine Interviewpartnerinnen immer sehr gründlich."

„Das sehe ich."

Loren lachte über Carols reservierten Ton. „Ich garantiere", sagte sie, „daß es keine Qual, sondern eine Freude für Sie wird."

„Loren?" rief jetzt die Frau des Premiers.

„Eine Aufforderung, der ich mich nicht entziehen kann", sagte Loren. „Ich sehe Sie dann morgen."

Carol blickte ihr nach. Selbst in Pumps hatte sie den Gang einer Sportlerin. Als spüre sie Carols Blick, wandte Loren den Kopf und grinste spöttisch. Carols bisherige Irritation über das Ansinnen der Journalistin, mit ihr bekannt gemacht zu werden, löste sich in Luft auf. Dies war eine interessante selbstsichere Frau, und Carol freute sich auf das Wiedersehen.

8

Das zweistöckige Bürogebäude lag in der Innenstadt in einer Nebenstraße der Glebe Point Road deplaziert inmitten kleiner Einfamilienhäuser. Es bestand aus gelbgetünchtem Backstein, Fenster und Türen waren braun gestrichen. Das Parterre enthielt eine Therapiepraxis, wie ein großes Schild verkündete: THERAPIE, EINZELN UND PAARE, HIER!

Eine Frau, die sich ein großes weißes 'Taschentuch vors Gesicht hielt, kam aus der Haustür und rannte Carol und Anne fast über den Haufen. „Verzeihung", stieß sie dumpf hervor und eilte weiter.

Anne schnitt eine Grimasse. „Mir scheint, mit der Therapie klappt's wohl nicht."

Carol dachte an ihre Erfahrungen, als sie, nachdem sie im Dienst verwundet worden war, zur Polizeipsychologin gehen mußte, und sagte nichts dazu. Es war keine angenehme Erfahrung gewesen, doch sie hatte, wenn auch ungern, zugeben müssen, daß Psychotherapie manchmal durchaus hilfreich sein konnte. Im allgemeinen weinte sie selten, aber diese Sitzungen hatten ihre natürliche Reserviertheit und Selbstkontrolle ausgehebelt und sie in Tränen aufgelöst.

GAIAS RACHE stand unter einem Pfeil, der die schmale Treppe nach oben wies. Auf der Milchglastür klebte ein handgeschriebener Zettel: *Bitte klingeln.*

Carol kam der Bitte nach und drückte den Knopf, woraufhin drinnen ein Zweitongong ertönte. Einen Augenblick später hörten sie, daß aufgeschlossen wurde, und dann öffnete ein Mann mittleren Alters in verknittertem blauen Anzug die Tür.

„Kommen Sie herein", sagte er. „Entschuldigen Sie, daß wir abschließen, aber wir müssen uns diese Rattenbande vom Hals halten, wissen Sie."

Er führte sie in ein Zimmer mit weißem Rattansofa und -sesseln und so voller Farne und Grünpflanzen, daß es fast an ein Treibhaus erinnerte. An den Wänden klebten Poster, die zur Rettung der natürlichen Umwelt aufriefen. Auf einem stand in knallroten Lettern GAIA WIRD SICH RÄCHEN.

Er drehte sich um und schüttelte Carol und Anne die Hand. „Gerald Fitch, ich stehe zu Ihrer Verfügung", sagte er. „Bitte, machen Sie's sich bequem. Kräutertee?"

„Nein, vielen Dank", lehnte Carol ab. Sie haßte alle aromatisierten oder parfümierten Getränke.

Er lächelte, als läse er ihre Gedanken. „Kaffee haben wir leider nicht."

Fitch setzte sich in einen Rattansessel gegenüber und beugte sich vor, so daß seine Hände zwischen den Knien schlenkerten. Er entsprach Carols Vorstellung vom Stereotyp eines fanatischen Umweltschützers nicht im geringsten, trug weder Rauschebart noch Pferdeschwanz, weder verkrumpeltes Baumwollhemd noch Gesundheitssandalen. Im Gegenteil, er sah aus wie ein harmloser Kleinunternehmer, der sich für sein Auskommen abrackerte. Sein Hemd hatte ein Bügeleisen gesehen, seine Krawatte war so gebunden, das das eine Ende weit über das andere fiel, seine schwarzen Schuhe waren ungeputzt, und zu einer Rasur hatte es heute morgen nicht gereicht.

Anne zog ihr Notizbuch hervor. Fitch grinste. „Ach, eine offizielle Vernehmung. Das wäre nicht das erstemal."

Carol wußte, daß das stimmte. Gerald Fitch war schon öfter inhaftiert worden. Er war zu Atom-U-Booten hinausgepaddelt und hatte sich dort angekettet, er hatte sich vor den Konvoi eines Staatsgastes geworfen, er hatte vor den Zentralen von Minengesellschaften protestiert.

„Walter Banning und Eric Cardover sind vor kurzem gestorben", sagte Carol. „Mit Interesse haben wir ihre Namen auf Ihrer Webseite gesehen."

„Es ist nicht meine Webseite", sagte er. „Sie gehört unserer weltweiten Bewegung. Darauf sehen Sie die Namen derer, die unseren Planeten verschmutzen, vergiften, ausbeuten und zerstören." Sein freundliches Gesicht war plötzlich zornig geworden. „Haben Sie eine Ahnung, was Cardover und Banning getan haben? Sie haben ihre verdammten Gesellschaften in unterentwickelte Länder gesetzt, in denen es kaum oder keine Umweltschutzkontrollen gibt, und dort die Flüsse verseucht, giftige Dämpfe in die Luft gejagt und die Lebensbedingungen zahlloser Kreaturen zerstört."

Fitch blickte von Carol zu Anne. „Haben Sie je die Kinder gesehen, die davon betroffen sind? Ich schon." Er schüttelte den Kopf. „Es ist entsetzlich. Kinder, deren Gesundheit und Glück zerstört ist. Und warum? Aus Habgier. Das waren widerwärtige Kerle, die alles, was ihnen unter die Finger kam, zerstört und vergiftet haben. Mich freut, daß die beiden tot sind." Er funkelte sie an, als fordere er ihren Kommentar dazu heraus.

„Mr. Banning wurde ermordet", sagte Carol. „Ist es möglich, daß eins Ihrer Mitglieder etwas damit zu tun hat?"

Er lehnte sich zurück und dachte über die Frage nach. „Unmöglich ist das nicht. Menschen, die Gaia lieben, ist durchaus bewußt, daß Verbrecher wie Banning und seine

Spezies exekutiert werden sollten – zu unser aller Wohl. Was aber das tatsächliche Ermorden dieses Mannes betrifft – selbst wenn ich jemanden nennen könnte, täte ich es nicht." Und mit grimmigem Lächeln fügte er hinzu: „Ich würde diesem Menschen höchstpersönlich gratulieren, weil er die notwendige Exekution durchgezogen hat."

„Würden Sie uns eine Mitgliederliste zur Verfügung stellen?"

„Wenn nicht, besorgen Sie sich vermutlich einen Durchsuchungsbefehl, oder?"

„Da vermuten Sie richtig", erklärte Carol.

Er rieb sich das Kinn. „Es wird ein paar Tage dauern. Ich muß gestehen, ich bin mit der Organisation nicht ganz auf dem Laufenden."

„So bald wie möglich, bitte." Nachdem er widerstrebend genickt hatte, fuhr sie fort: „Haben Sie oder jemand von *Gaias Rache* sich jemals direkt an Banning oder Cardover gewand?"

Fitchs Ausdruck machte klar, daß er diese Frage für überflüssig hielt. „Ja, natürlich haben wir das. Jedesmal wenn sie ein neues Projekt starteten, mit dem sie das Gleichgewicht der Natur irgendwo auf der Welt zerstörten, haben wir protestiert – zusammen mit vielen anderen betroffenen Gruppen."

Carol sah zu Anne hinüber, die Fitch fragte: „Haben Sie selbst Mr. Banning oder Mr. Cardover schon einmal getroffen?"

„Banning ja. Ich bin mal in seinem Büro in der Piff Street aufgekreuzt. Durch einen Bluff kam ich an diesem Drachen von Frau vorbei, die ihn bewacht, und habe mit ihm von Angesicht zu Angesicht gesprochen." Angeekelt verzog er den Mund. „Er ging hinter seinem großen Schreibtisch in Deckung und schrie nach dem Sicherheitsdienst. Ich sagte, was ich zu sagen hatte, und ging hinaus."

„Die Namen auf Ihrer Webseite sehen so aus wie eine Abschußliste", sagte Anne.

„Eine Abschußliste?" wiederholte Fitch amüsiert. „Das war nicht beabsichtigt. Bisher führen wir lediglich jeden Namen auf, wenn wir erfahren, daß ein großer Feind von Gaia beseitigt ist, wodurch auch immer." Er sah Anne beifällig an. „Ehrlich gesagt, das ist eine gute Idee. Ich werde vorschlagen, daß wir eine Liste jener Umweltverbrecher erstellen sollten, die ein Attentat verdient haben. Dann könnten Sie es eine Einladung zum Mord nennen, wenn Sie wollen."

„Sagt Ihnen der Name Edward Guthrie etwas?" fragte Carol.

„Guthrie? Er hat den Regenwald zerstört, die Abwässer seiner verdammten Ferienanlage vernichten die Korallenriffe in der Nähe. Ich war sehr froh, als ich hörte, daß er beim Abknallen von Känguruhs umgekommen ist."

Fitch schnitt eine angewiderte Grimasse. „Guthrie war einer von diesen moralischen Krüppeln, die sich erst richtig groß fühlen, wenn sie etwas umbringen können. Es war eine poetische Gerechtigkeit, daß ihn ein anderer Untermensch, der da des nachts rumballerte, erlegt hat."

„Sie scheinen ja eine Menge darüber zu wissen", bemerkte Carol.

Er bedachte sie mit einem Wolfsgrinsen. „Sie glauben, ich hätte ihm im Outback eine Kugel in den Hals verpaßt, Kommissarin? Ich war's nicht, aber ich wäre stolz, wenn ich's getan hätte."

Als Carol sich erkundigte, wo er am Dienstagmorgen zur Zeit des Mordes an Banning gewesen sei, antwortete er, daß er allein lebte und wochentags immer früh ins

Büro käme. „Falls mich jemand gesehen hat, fein. Ich bezweifle es allerdings, somit habe ich kein Alibi."

Und spöttisch fügte er hinzu: „Und am vergangenen Wochenende, als Guthrie bekam, was er verdient hat, war ich zufällig in den Blue Mountains zur Meditation in Wisdom Lodge. Das ist sehr wohltuend, da aber alle für sich meditieren, sah ich kaum jemanden, außer zu den Mahlzeiten. Vegetarisch natürlich."

„Natürlich", sagte Carol.

„Es ist zwar eine ziemlich Strecke nach Dubbo", fuhr Fitch fort, „doch ich schätze, ich hätte mich davonstehlen können. Sie werden schon erklären müssen, woher ich wußte, wo sich Guthrie zu einem ganz bestimmten Zeitpunkt aufhielt. Ich hätte wohl kaum die Muße gehabt, ihn zu beobachten, nicht wahr?"

Interessant, wie erpicht Fitch darauf war, daß sie seinen Verbleib überprüften, dachte Carol. Sie fragte sich, ob er es wirklich darauf anlegte, auf der kurzen Liste der Verdächtigen zu stehen. Carol hatte es schon erlebt, daß Menschen von einem Verbrechen derart fasziniert waren, daß sie Taten gestanden, die sie nicht begangen hatten.

Als Carol und Anne sich erhoben und gingen, begleitete Fitch sie die Treppe hinunter nach draußen. „Kommissarin", sagte er, „ich bezweifle, daß Sie den Mord an Banning aufklären werden." Und nach einer Pause fügte er mit dramatischem Anflug hinzu: „Oder die künftigen anderen."

„Was ist bloß los mit dem Typ?" fragte Anne, sobald sie im Wagen saßen. „Der hat uns ja praktisch bekniet, daß wir uns an seine Fersen heften."

„Zum einen glaube ich, daß Fitch im Rampenlicht stehen will, und zum anderen will er die Aufmerksamkeit von einem anderen Mitglied der Organisation ablenken.

Wir brauchen diese Mitgliederliste. Und dann setzen Sie sich mit Cardovers früherer Assistentin in Verbindung. Sie heißt Marcie Evans und hat vielleicht auch so eine Akte der Widersacher wie Valerie Rule."

„Wissen Sie", sagte Anne, „ich könnte mir beinahe vorstellen, selbst so einen wie Banning auszuschalten. Er hat gewaltigen Schaden angerichtet."

Carol blickte sie von der Seite an. „Aber Sie haben ihn nicht abgeknallt, Anne, oder?" fragte sie. „Denn sonst müßte ich Sie von dem Fall abziehen."

Loren Reece kam auf die Minute pünktlich. Carol hatte gerade eine umfängliche E-mail von Tante Sarah beantwortet. Nun schaltete sie ihren Computer aus und stand auf, um die Journalistin zu begrüßen. Carol fand, daß sie in ihrem grauen Seidenanzug wie eine erfolgreiche Managerin aussah. Sie trug einen eleganten marineblauen Diplomatenkoffer. „Guten Morgen, Carol."

Auf diese informelle Anrede antwortete Carol trocken: „Guten Morgen, Loren."

Loren lachte. „Damit sind der Höflichkeiten dann wohl genug gewechselt."

Carol deutete auf einen Stuhl und setzte sich wieder hinter ihren Schreibtisch, während Loren einen kleinen Kassettenrecorder auspackte und auf den Schreibtisch stellte, „Es macht Ihnen doch nichts aus, wenn ich das mitlaufen lasse?"

Carol nickte reserviert. „Wird es lange dauern?"

„Nein, dies ist nur ein Vorgespräch."

„Vorgespräch?"

Die Amerikanerin zog die dunklen Augenbrauen hoch. „Hat Ihr Boß Mr. Edgar Ihnen denn das nicht gesagt?"

Carol befiel eine düstere Ahnung. „Was gesagt?"

„Er war einverstanden, daß ich Sie quasi begleite. Ein paar Tage lang Ihre Ermittlungsarbeit verfolge. Er sagte, er würde Sie informieren."

„Das ist mir neu."

„Tut mir leid, Carol", sagte Loren zerknirscht. „Ich dachte, Sie wüßten es."

„Das wird leider nicht möglich sein."

„Sind Sie sicher?" Loren legte den Kopf schief. „Ich käme Ihnen nicht in die Quere, und ich bin die Diskretion in Person."

Typisch Edgar, dachte Carol, einfach zuzusagen, ohne mit ihr zu reden. „Vielleicht können wir uns auf irgend etwas einigen."

„Das hoffe ich." Ihr Ton war so herzlich, daß Carol dachte, diese Frau käme ihr persönlich in die Quere, auch ohne es offenbar zu versuchen.

Das rote Lämpchen des Aufnahmegeräts blinkte weiter, und Loren stellte nun eine Reihe harmloser Fragen nach Carols Werdegang. „Bestimmt wissen Sie das alles schon längst", sagte Carol. „Haben Sie mir nicht gestern abend versichert, daß Sie Ihre Interviewpartnerinnen gründlich zu recherchieren pflegen?"

„Es ist nur zur Auflockerung", sagte Loren fröhlich. „Die harten Sachen kommen später."

Obwohl sie im stillen Kripochef Edgar verfluchte, weil er der Amerikanerin freie Bahn gegeben hatte, merkte Carol, daß ihr die Fragen gefielen, viele davon waren wohlüberlegt, und die Antworten erforderten einigen Tiefgang. Sie war fast enttäuscht, als Loren auf ihre Uhr sah und sagte: „Okay, das war's."

Sie klappte ihren Block zu, packte den Recorder ein und stand auf. „Ich hoffe, Sie haben bemerkt, daß ich die

Sache beschleunigt habe", erklärte sie grinsend. „Sind Sie sicher, daß Sie nicht mit zum Lunch gehen können?"

„Ich bin sicher."

Loren zögerte, dann sagte sie: „Carol, dieses Mißverständnis tut mir leid. Wenn Sie mit Ihrem Chef sprechen würden, könnten wir uns vielleicht auf irgendwas einigen, das für Sie akzeptabel ist."

„Natürlich rede ich mit ihm."

Belustigt über Carols ironischen Ton, erwiderte Loren: „Das kann ich mir denken. Ich melde mich wieder, okay?"

„Wo wohnen Sie eigentlich?" fragte Carol mit unerklärlicher Neugier.

„Im Ritz-Carlton in der Macquarie Street."

Carol zog im Geist überrascht eine Braue hoch. Ein Fünf-Sterne-Hotel. Journalismus auf internationaler Ebene war offensichtlich einträglicher als auf nationaler. „Ich hinterlasse Ihnen dort eine Nachricht", sagte sie.

Nachdem Loren Reece gegangen war, saß Carol da und spielte mit ihrem goldenen Stift. Sie hatte sich einsam und allein gefühlt. Nun bestand die vage Möglichkeit, wie hauchdünn auch immer, einer neuen Freundschaft.

9

In eiskaltem Zorn verließ Carol Kripochef Edgars Büro. „Das war Ihnen nicht klar?" hatte er gefragt, als sie seine Zusage monierte, womit er Loren Reece freien Zugang zu ihrer Arbeit gewährte. „Tja, Carol, damit werden Sie schon klarkommen müssen. Ich bin sicher, daß die Frau weniger stört, als Sie annehmen."

Auf dem Flur vertrat ihr Sam Goolwa den Weg, und sie fauchte ihn an: „Was ist?“

Er war so perplex über ihren Ton, daß sie augenblicklich Schuldgefühle bekam. „Entschuldigen Sie. Worum geht es?“

„Anne sagte, ich sollte mir die Namen auf der Webseite von *Gaia* vornehmen und nachprüfen, wodurch sie zu Tode kamen. Ich habe den ganzen Morgen im Internet verbracht und fast alles herausgefunden.“

Carol überflog das gereichte Blatt. „Gute Arbeit.“

Ein kurzes Lächeln überzog Goolwas Gesicht, dann erklärte er weiter: „Wie Sie sehen, habe ich sie kategorisiert und die Todesart vermerkt.“ Und mit einem Anflug von Humor fügte er hinzu: „Viele scheinen weniger Glück gehabt zu haben als der Durchschnittsbürger.“

„Kommen Sie mit in mein Büro und sagen mir, was Sie davon halten.“

Daß seine Ansicht sie interessierte, freute ihn sichtlich; er folgte ihr ins Büro und stand unentschlossen da, bis sie ihn aufforderte, sich zu setzen.

Sie nickte ermutigend, und er begann: „Nachdem Mr. Cardover auf der Liste aufgetaucht ist, sind es jetzt achtzehn Namen. Von diesen achtzehn starben fünf Leute an einem Herzinfarkt oder Schlaganfall, drei wurden erschossen, einer beging Selbstmord, bei einem löste sich eine Kugel und traf ihn ins Gesicht, als er durch einen Zaun kletterte, einer fing sich nachts bei der Känguruhjagd eine Kugel ein. Dann sind noch zwei an Krebs gestorben und die restlichen fünf bei Unfällen.“

„Was für Unfälle?“

Sam Goolwa brauchte keine Notizen heranzuziehen, wie Carol bemerkte. Er antwortete postwendend: „Einer fiel zu Hause die Treppe hinunter, eine Frau in Italien erlitt einen Stromschlag, zwei hatten einen tödlichen Autounfall, und der letzte, ein Amerikaner, stürzte im Grand Canyon von einer Felskante."

„Wie viele Todesfälle halten Sie für verdächtig?"

„Eventuell Mord, meinen Sie? Auf den ersten Blick natürlich die drei, die vorsätzlich erschossen wurden, dann möglicherweise die drei anderen, die durch Schüsse ums Leben kamen. Eines der Opfer von Herzversagen war erst dreiunddreißig. Ich werde weitere Details über diese Todesfälle einholen und prüfen, ob es Zeugen gibt."

„Diese Sache hat Priorität."

Er sprang auf. „Sie bekommen es gleich."

Sie lächelte noch über seinen Elan, als Bourke hereinkam. „Da wird dir aber das Lächeln vergehen", sagte er. „Ich komme gerade aus dem Leichenschauhaus. Cardover bekam eine Injektion, eine tödliche Narkose. In der Klinik wurde ihm so oft Blut abgenommen, daß es nicht verwunderlich war, daß niemand diesen speziellen Einstich bemerkte."

Carol wurde bewußt, daß diese Nachricht sie nicht überraschte. Sie spürte, wie sich in ihr die Spannung aufbaute – wie immer bei derart herausfordernden Fällen. Der Adrenalinschub gab ihr Auftrieb. „Packen wir's an, Mark. Li und Standish haben die Aussagen des Personals protokolliert. Sieh nach, ob dir irgendwas auffällt. Und was ist mit Schwester Slade?"

„Oh", sagte Bourke, „eine sehr interessante Frau. Die faszinierende Tatsache tauchte zwar nicht in Dr. Olsons Akte auf, aber die heilenden Hände von Marilyn Slade standen vor etwa acht Jahren in Melbourne im Verdacht, aktive Sterbehilfe geleistet zu haben. Bei zwei Patienten im letzten Krebsstadium und bei einem Schlaganfallopfer."

„Ich nehme an, sie wurde für nicht schuldig befunden?“

Bourke spreizte die Finger. „Aus Mangel an Beweisen wurde kein Verfahren eröffnet. Ich bin nur darauf gestoßen, weil Slade bei ihrer Bewerbung in Wallhaven die Oberschwester eines großen Klinikums in Melbourne als Referenz angegeben hat. Als ich die Oberschwester anrief, distanzierte sie sich sofort von Slade und verriet mir mit Freude die schmutzige Sache.“

„Offenbar hat Dr. Olson diese Referenz gar nicht kontaktiert“, sagte Carol und fügte belustigt hinzu: „Wenn das Phyllis Cardover erfährt, kriegt er eine Klage an den Hals, die sich gewaschen hat.“

„Ich habe die Kollegen in Melbourne um die Details in dieser Sache gebeten“, erklärte Bourke. „Sollte der *modus operandi* der gleiche sein, haben wir es hier womöglich mit einem türkisweißen Todesengel zu tun, der nur darauf wartet, verhaftet zu werden.“

„Willst du damit sagen, daß Cardover nur zufällig zur gleichen Zeit umgebracht wurde wie Banning – nämlich am Tag darauf?“

„Gewiß sieht es merkwürdig aus, daß die beiden Chefs von Banning & Cardover innerhalb von vierundzwanzig Stunden ermordet wurden“, sagte Bourke und mokierte sich: „Weißt du, laut Marilyn Slades Biografie kommt sie vom Land und war vielleicht im Schützenverein. Sie knallt Banning am Dienstagmorgen eins in den Kopf und geht am nächsten Tag bei Cardover etwas dezenter zu Werke.“ Er grinste breit. „Das Szenario gefällt mir. Was meinst du?“

„Ich meine, ein überzeugendes Motiv würde hier weiterhelfen, Mark“, sagte sie trocken.

Nachdem er gegangen war, rief sie aus einem Impuls heraus das Ritz-Carlton an. Loren Reece war nicht in ihrem Zimmer, und so hinterließ sie ihr die Nachricht auf dem Anrufbeantworter, nach Rücksprache mit dem Kripochef könne Loren sie zu bestimmten Zeiten begleiten.

Zu sehr eng begrenzten Zeiten, dachte sie, während sie auflegte.

Spät am Nachmittag hatte Carol alle mit den Morden an Banning und Cardover befaßten Mitarbeiterinnen und Mitarbeiter zur Lagebesprechung zusammengetrommelt. Sie sah, als Sam Goolwa eintrat und sich nach einem Sitzplatz umsah, wie Kriminalmeister Miles Li einen Stapel Papiere auf den freien Stuhl neben sich packte, offenbar um zu verhindern, daß Goolwa sich zu ihm setzte.

Carol faßte kurz die beiden Fälle zusammen und betonte die Möglichkeit, daß ein und dieselbe Person beide Morde begangen hatte. Bourke schilderte, was Standishs und Lis Vernehmung des Personals erbracht hatte, wobei im Wesentlichen nichts Neues zutage gekommen war. Die Kollegin, die mit Schwester Slade durch den Korridor gegangen war, hatte bei Cardovers Zimmer niemanden bemerkt. Bei der Abfrage der Vorstrafenregister waren sie bei einem Sanitäter auf einen minder schweren Drogendiebstahl und eine Verwarnung wegen Ruhestörung gestoßen.

Standish sagte: „Die Sicherheitsvorkehrungen in Wallhaven sind ziemlich lax. Miles und ich sind von hinten über die Anlieferungsrampe hereingekommen, ohne daß irgendwer Notiz von uns genommen hätte, vermutlich dürfte also jemand in Krankenhauskleidung überhaupt keine Probleme haben. Außerdem befindet sich im Parterre ein Umkleideraum, der nie verschlossen ist, so daß ein Täter jederzeit eine Uniform abgreifen und sie später benutzen könnte."

Anne hatte Marcie Evans, Cardovers Assistentin, ausfindig gemacht. Die Frau habe nachdrücklich versichert, sie hätte nicht einen einzigen Drohbrief an Eric Cardover aufgehoben, sondern sie augenblicklich durch den Schredder gejagt. Von einer Organisation namens *Gaias Rache* oder von Gerald Fitch hätte sie nie gehört.

„Ms. Evans ist stocksauer, daß man sie entlassen hat“, sagte Anne, „deshalb ließ sie sich nur allzu gern über Gerüchte und Behauptungen aus.“ Sie blätterte in ihren Notizen. „Insbesondere gab sie an, Bannings gegenwärtige Freundin sei eine Phoebe Yarmelle gewesen. Sie sagte, das hätten alle gewußt, sogar Bannings Frau. Dann giftete sie über Cardovers Sohn Jonathan. Und da er es war, der sie gefeuert hat, sollten wir vorsichtig sein, dennoch hat sie geschworen, daß es einige schreckliche Auseinandersetzungen zwischen Vater und Sohn gegeben hat – in der Woche vor Cardover seniors Schlaganfall. Bei den Streitereien ging es um Jonathans Position in der Firma. Er wollte aufsteigen und Bereiche des Vaters übernehmen, doch Eric Cardover wollte nichts davon wissen.“

„Okay“, sagte Carol, „jemand muß sich um diese Phoebe Yarmelle kümmern. Miles, würden Sie das tun? Fragen Sie auch bei Banning & Cardover herum, ob sonst noch jemand von diesen Streitereien zwischen Cardover und Sohn gehört hat. Anne, überprüfen Sie, wo Fitch sich Freitagmorgen aufgehalten hat. Wenn wir Glück haben, war er beim Zahnarzt, so daß er sich den Mord an Cardover nicht auf die Fahne schreiben kann.“

Bourke berichtete, daß Valerie Rule in der fraglichen Zeit an beiden Tagen tatsächlich frühmorgens an ihrem Arbeitsplatz bei Banning & Cardover gesehen worden war. Ihre Personalakte war astrein. Auch ansonsten hatte sie sich nichts zuschulden kommen lassen. „Nicht mal eine Geschwindigkeitsübertretung. Die Frau ist eine Heilige." Und dann fügte Bourke hinzu: „Allerdings hat sie uns angelogen. Offenbar kannte sie den Namen *Gaias Rache,* weil Gerald Fitch bei Banning & Cardover eingedrungen ist und ihren Chef in seinem Büro zur Rede gestellt hat. Es war ihr peinlich zuzugeben, daß es jemand geschafft hat, an ihr vorbeizukommen."

„Anne, gibt es etwas Neues über *Gaias Rache?"* fragte Carol.

„Nicht viel, was den Ableger in Sydney anbelangt, ein Bankkonto auf den Namen der Organisation scheint nicht zu bestehen. Gerald Fitch zahlt die Monatsmiete für das Büro in Glebe immer per Scheck von seinem Konto. Die Leute in der Therapiepraxis im Parterre des Gebäudes sagen, dort herrsche ein ständiges Kommen und Gehen, aber es ist weder ersichtlich, wie viele Mitglieder es gibt, noch wie die Gruppe organisiert ist."

Carol sah Goolwa an. „Sam, haben Sie etwas über die Organisation in Übersee?"

„Nicht viel mehr als Anne über den australischen Zweig. *Gaias Rache* operiert im Verborgenen. Das Hauptquartier ist in New York, aber dort ist es praktisch das gleiche: ein kleines Büro, geleitet von einer Person, einer Frau namens Bonnie d'Arlene, die das gesamte Unternehmen zu führen scheint. Sie erreichen die meisten Leute über ihre Webseite, die sehr verständlich ist und ständig über die neuesten Umweltereignisse informiert."

„Finden Sie alles heraus, was es über diese Bonnie d'Arlene gibt", sagte Carol zu Goolwa. „Vielleicht wäre es sinnvoll, wenn ich mich mit ihr über ihren internationalen Verein unterhalte."

Nachdem sie die weiteren Schritte der Untersuchung und die Aufgabenverteilung besprochen hatten, beendete

Carol die Sitzung. Sie machte Miles Li ein Zeichen dazubleiben. Er war ein schmächtiges Kerlchen und wirkte sehr jung. Das schwarze Haar fiel ihm in die Stirn, er hatte die charakteristische Eigenart, es sich mit zwei Fingern aus dem Gesicht zu streichen.

Nachdem alle anderen gegangen waren, erkundigte sich Carol: „Wie kommen Sie mit Sam Goolwa zurecht?"

Aufmerksam sah er sie an. „Ganz gut."

„Er ist neu. Ich wollte nur wissen, wie er sich einlebt."

„Ganz gut", wiederholte er.

„Also gibt es keine Probleme?"

Li wand sich unter ihrem Blick. „Eigentlich nicht." Und als Carol schwieg und ihn fragend ansah, stotterte er: „Na ja, er ist halt ein Abo."

Carol unterdrückte ihren Anflug von Zorn über diese Diskriminierung und fragte: „Und das macht einen Unterschied?"

Offensichtlich merkte Li, daß er etwas Falsches gesagt hatte. „Nein, natürlich macht das nichts."

Das ärgerte Carol nicht minder als die verächtliche Bezeichnung für *Aborigine*, und sie sagte mit Nachdruck: „Wir sind ein Team. Das ist die einzige Möglichkeit, Resultate zu erzielen, und das gelingt nicht, wenn manche von uns als Außenseiter behandelt werden."

Lis Gesicht zeigte keine Regung. „Ich verstehe", sagte er.

Was die Sache noch unentschuldbarer machte, dachte Carol, war, daß Miles Li als Kind mit seinen Eltern aus Hongkong eingewandert war. Sie stellte sich vor, daß Li selbst aufgrund seines Aussehens einige Diskriminierungen erfahren hatte, sowohl in der Schule als auch bei der Polizei. Die alte Garde im Polizeidienst war nicht für aufgeklärte Ansichten in bezug auf Minderheiten bekannt.

„Wären Sie glücklich darüber, wenn jemand Sie einen Chink nennen würde?“ fragte sie.

„Gott, nein!“

„Dann nennen Sie Sam Goolwa nicht Abo. Weder offen noch hintenrum. Kapiert?“

Damit war er entlassen und verdrückte sich eilig. Carol schüttelte den Kopf. Sie hatte das alles bereits erlebt, trotzdem würde sie nie begreifen, wie ein Angehöriger einer Minderheit, der sehr wohl wußte, was es heißt, aufgrund seiner Rasse oder ethnischen Abstammung schlecht behandelt zu werden, die gleiche Ungerechtigkeit bei jemand anders perpetuierte.

„Nach unserer Information ist Ihr Sohn eines schweren Drogenvergehens bezichtigt worden“, sagte der Reporter am Telefon, ein hartnäckiger Mann, mit dem Carol schon früher zu tun hatte. „Was sagen Sie dazu?“

Carol kannte das Spielchen. Man erwartete ihr Dementi, daß es ein schweres Vergehen war, womit sie zugegeben hätte, daß ihr Sohn sich etwas hatte zuschulden kommen lassen.

„Ich kommentiere keine Privatangelegenheiten, Tom. Das wissen Sie doch.“

Dies war schon der dritte Anruf in dieser Sache, den sie heute pariert hatte, inklusive der Nachfrage von Madeline Shipley vom *Shipley-Report,* einem Nachrichtenmagazin im Fernsehen. Obwohl Madeline eine Freundin war und im Grunde anrief, um sich für David einzusetzen, hatte Carol bei ihr genauso gemauert wie bei den anderen.

„Dann kommentieren Sie gewiß den Fall Banning. Ist es wahr, daß Sie einen Profi verdächtigen. Daß ein Zweiundzwanziger benutzt wurde?“

Egal wie sie Informationen unter Verschluß hielten, irgend etwas sickerte immer durch. „Unsere Ermittlungen befinden sich noch ganz am Anfang“, antwortete Carol. „Wir werden in Kürze eine Presseerklärung dazu abgeben.“

„Wann in Kürze?“

„Tom, ich weiß noch nicht.“ Sie konnte hören, wie ihre Stimme vor Ungeduld schneidend wurde.

„He, Carol“, sagte er, „ich tu ja nur meinen Job.“

Tom Keys war ein investigativer Journalist mit einem legendären Netzwerk an Informanten auf jedem Gebiet. Und da kam Carol blitzartig die Idee, sich womöglich des Netzwerks bedienen zu können. Sie fragte: „Tom, haben Sie je von einer Gruppe gehört, die sich *Gaias Rache* nennt?“

„Wie schreibt sich das?“

Nachdem sie es buchstabiert hatte, sagte er: „Gut, und was ist mit dieser Gruppe?“

„Es sind fanatische Umweltschützer. Ich glaube, sie haben schon verschiedenen Unternehmern Morddrohungen geschickt. Ich wüßte gern, was Sie darüber herausfinden können.“

„Ökoterroristen, hm?“ Er klang befriedigt, und Carol wußte, daß er die simple Schlußfolgerung zog, daß *Gaias Rache* gedroht hatte, Walter Banning umzubringen. „Ich melde mich wieder, Carol. Und vielen Dank.“

Gerade als Carol ihre Sachen packte, um heimzufahren, rief Loren Reece an. „Ich habe Ihre Nachricht erhalten und freue mich, daß eine Zusammenarbeit möglich ist.“

„Zusammenarbeit?“

Loren gluckste. „Keine Aufregung, ich hatte nicht vor, herumzurennen und für Sie die Verbrechen aufzuklären.

Wie wär's morgen mit Abendessen? Ich verfüge über ein sündhaftes Spesenkonto, deshalb lade ich Sie ein. Wir können dann Richtlinien vereinbaren, so daß ich Sie nicht bei der Arbeit störe. Bitte, sagen Sie ja."

Einen Moment lang zögerte Carol, dann sagte sie: „Ja, das wäre gut." Sie verabredeten, wann und wo sie sich treffen wollten, und Loren verabschiedete sich.

Carol erwischte Mark, als er gerade gehen wollte. „Mark, ich möchte, daß du Loren Reece unter die Lupe nimmst."

„Warum? Was hat sie getan?"

„Nichts, wovon ich weiß, aber der Chef hat ihr freien Zugang zu uns ins Büro gewährt, und der Gedanke, daß hier eine herumschnüffelt, über die ich absolut nichts weiß, gefällt mir ganz und gar nicht."

„Ja gut", sagte Bourke. „Ich kenne diese Frau zwar noch nicht, aber Pat ist von ihr sehr angetan."

„Pat ist von allen sehr angetan, die in ihrer Galerie Bilder kaufen", entgegnete Carol.

Kripochef Edgars Mantra „Halten Sie mich auf dem Laufenden" in den Ohren, machte Carol den Umweg über sein Büro, ehe sie nach Hause ging. Fast hoffte sie, daß er nicht da wäre, aber er telefonierte gerade, behäbig in seinen Stuhl zurückgelehnt. Er winkte ihr, sich zu setzen, und führte sein Gespräch ungerührt fort, das sich unüberhörbar darum drehte, ein Wochenende zum Fischen irgendwo am Snowy River zu organisieren.

Während sie ihn beim Reden beobachtete, versetzte es ihr regelrecht einen Stich vor Abneigung. Sie hatte sich auf keine Kumpanei eingelassen, um karrieremäßig dahin zu kommen, wo sie war, sondern sich auf bloße harte Arbeit verlassen. Natürlich hatte es ihr nicht geschadet, daß ihr früherer Mentor der Polizeidirektor gewesen war, und sie wußte, daß Kripoleiter Edgar und einige andere ihr diese Beziehung neideten.

Carol war überzeugt, daß er sein Bestes täte, ihre Beförderung, sollte sie sich bewerben, zu vereiteln, schon weil erst kürzlich zwei Frauen zu Dezernatsleiterinnen aufgestiegen waren, was ihn bestimmt gewurmt hatte.

Hauptkommissarin Ashton. Das klang doch ganz gut, fand Carol. Kriminalrätin klang natürlich noch besser. Doch allein schon bei dem Gedanken bekäme Edgar bestimmt Pickel.

Auch war sie noch immer nicht sicher, ob sie sich all den Ärger, den eine Bewerbung auf einen höheren Posten mit sich brächte, einhandeln wollte. Ihr gegenwärtiger Job gefiel ihr, und sie machte ihn gut. Aber brauchte sie nicht neue Herausforderungen, neue Richtungen in ihrem Leben? Sie hatte sogar schon einmal erwogen, aus dem Polizeidienst auszusteigen und etwas ganz anderes zu machen, diese Idee dann aber verworfen. Sie konnte sich keine andere Arbeit vorstellen, die ihr besser gefiele als ihre jetzige.

Edgar erging sich schier endlos in irgendwelchen Banalitäten übers Fischen, so daß Carols Gedanken zu den Morden an Banning und Cardover zurückkehrten. War die Verbindung zwischen den beiden Fällen eher privater oder geschäftlicher Natur? Oder beides? Auf den ersten Blick sah es so aus, als ob Jonathan Cardover am meisten dabei profitierte, vorausgesetzt, seine Mutter wollte ihn zum Chef des Unternehmens machen und Felicity Banning, die mit ihrer Mehrheit das Sagen hatte, wäre einverstanden.

Und mit Jonathan wäre die Frage des offenen Rolls-Royce-Fensters, die Carol auf der Seele lag, gelöst. Würdest du einem Fremden, der unversehens deine Garage betritt, das Fenster öffnen? Gewiß wäre Banning nicht so unvorsichtig gewesen. In einer solchen Situation wäre es viel wahrscheinlicher gewesen, das Gaspedal durchzutreten und nach draußen auf die Straße zu flitzen. Wäre aber Jonathan ans Wagenfenster getreten, hätte Banning natürlich die Scheibe heruntergelassen, um zu hören, was der Sohn seines Partners hier zu tun hatte.

Und was die Waffe anging: Für einen Normalbürger war es nicht so leicht, an Schießeisen heranzukommen, obwohl man auf den Straßen von Sydney für einen entsprechenden Preis alles bekommen konnte. Zum Beispiel ein zweiundzwanziger Gewehr mit abgesägtem Lauf? Von denen gab es wohl noch immer Hunderttausende, trotz des strengen Waffengesetzes, das nach dem Massaker in Tasmanien, bei dem ein schwerbewaffneter Amokläufer einen Massenmord begangen hatte, erlassen worden war.

Könnte womöglich Gerald Fitch von *Gaias Rache* die beiden Morde verübt haben? Carol konnte sich nicht vorstellen, daß Walter Banning einem Aktivisten, der ein paar Monate zuvor sein Büro gestürmt hatte, das Fenster öffnete.

Carol stellte sich die Szene vor: Die ordentlich aufgeräumte Doppelgarage mit der Werkbank an der Stirnseite; Felicity Bannings dunkelblauer BMW neben dem Rolls-Royce ihres Mannes. Von der Küche führt eine Innentreppe zur Garage hinunter, und aus Sicherheitsgründen schließt sich das Garagentor nach der Durchfahrt automatisch. Wer immer das Haus durch die Garage betreten will, muß die Zahlenschloßkombination kennen.

Jetzt stellte sie sich vor, wie Walter Banning in seinem anthrazitgrauen Anzug, der später von Blut getränkt war, die Treppe herunter kommt, die Tür des Rolls öffnet, seinen Aktenkoffer auf den Beifahrersitz wirft und sich hinter das Steuer setzt. Er dreht den Zündschlüssel, was die Zentralverriegelung aktiviert – zu seinem Schutz. Dann, noch ehe er den Gang einlegen kann, taucht jemand in der Garage auf. Carol stellte sich vor, wie die Person ans Fenster klopft oder womöglich formuliert: Ich muß dir/Ihnen etwas sagen. Banning kommt dem nach, läßt die Scheibe herunter und stirbt. Bestimmt war es eine Person, die er kannte und von der er nichts zu befürchten hatte.

Ihre Gedanken gingen zu Felicity Banning. Sie hatte sich in der Küche verabschiedet, wieso hatte sie dann ein paar Minuten später die Schüsse nicht gehört? Sie hatte zu Protokoll gegeben, eine halbe Stunde nachdem ihr Mann in die Garage gegangen war, sei sie hinuntergegangen, um aus der Gefriertruhe dort unten das Fleisch zum Abendessen zu holen. Da habe sie den Rolls mit laufendem Motor entdeckt. Ihre Trauer und Aufgelöstheit über den Tod ihres Mannes waren sehr überzeugend gewesen, trotzdem, so rief Carol sich ins Gedächtnis, garantierte das nicht ihre Unschuld.

Wo war die Verbindung des Mordes an Walter Banning zu dem an Cardover? Das brachte sie wieder auf die Schlüsselfrage: *Wer profitiert davon?*

„Nun, Carol“, unterbrach Edgar ihre Gedanken, indem er den Hörer geräuschvoll auflegte.

Sie gab ihm eine kurze Zusammenfassung der Ermittlungen in beiden Fällen. Sein Gesicht verfinsterte sich. „Dies darf sich nicht hinziehen“, sagte er. „Je länger es dauert, desto begeisterter stürzen sich die Medien drauf.“

Nur mit Mühe verkniff sich Carol die bissige Bemerkung, daß die Morde erst drei, beziehungsweise vier Tage her waren, so daß sie kaum Zeit hatten, ihre vorläufigen

Untersuchungen abzuschließen. „Wollen Sie eine Pressekonferenz abhalten?“ fragte sie ausgesucht höflich.

Eine Spur unterschwelliger Bosheit lag in ihrer Stimme. Denn im Umgang mit den Medien war sie versiert, da sie meistens als Sprecherin der Mordkommission fungierte. Edgar neidete ihr das Rampenlicht, doch mit seiner kommunikativen Begabung vor der Kamera war es nicht weit her, und das wußte er. Dann bekam er jedesmal einen dicken roten Hals, das Blut schoß ihm ins Gesicht, er verhaspelte sich, stotterte umständlich und machte allgemein keinen guten Eindruck.

Er war hin und her gerissen. Sie wußte, wie gern er an die Öffentlichkeit gegangen wäre, andererseits wollte er sich aber auch nicht zum Narren machen.

„Etwas verfrüht“, sagte er. „Warten wir noch ein paar Tage.“

10

Am Mittwochmorgen hatte Carol kaum ihre Akten aus der Tasche gezogen und auf ihren Schreibtisch gelegt, als sich Tom Keys meldete.

„Ich hab’ was Handfestes über *Gaias Rache*. Und was haben Sie für mich, Carol?“

„Sie zuerst, Tom. Sie sind sehr wohl imstande, mich zu bluffen, das weiß ich.“

Er stieß sein heiseres Whisky-und-Zigaretten-Lachen aus. „Nehmen Sie sich was zum Schreiben. Ich habe einen Namen für Sie.“

Sie fischte ihren goldenen Stift hervor. „Ich höre.“

„Phoebe Yarmelle.“ Er buchstabierte. „Haben Sie's?“

Carol sah auf den Namen, es war Bannings Freundin. Daß es zwei Frauen dieses Namens gab, war eher unwahrscheinlich. „Ja und?“ drängte sie.

Wieder lachte er. „Kleine Überraschung für Sie, Carol? Ich glaube, sie war die letzte Geliebte des unbeweinten Banning.“

„Das habe ich gehört.“

„Vor etwa vier Monaten ist sie *Gaias Rache* beigetreten. Hat eine ganz schöne Bresche in die Reihen geschlagen, glaube ich. Brachte einen Haufen Knete mit und, wie sie sagte, ‚ein brennendes Interesse, es diesen Verschmutzern heimzuzahlen‘. Ich zitiere meine Kontaktperson dort.“

„Wer ist Ihre Kontaktperson?“

„Bedaure, Carol, das kann ich nicht sagen. Aber ich kann Ihnen sagen, daß Phoebe bei *Gaia* rausgeflogen ist, als sie dahinterkamen, daß sie für Banning gespitzelt hat. Es gab eine ziemlich häßliche Szene, bei der beide Seiten sich Drohungen an den Kopf geworfen haben.“

„Wie extrem waren die Drohungen?“

„Da müssen Sie Phoebe fragen. Und was ist jetzt mit meiner Belohnung?“

Carol gab ihm die Details, die Edgar oder sie ohnehin in den nächsten Tagen auf der Pressekonferenz bekanntgäben, so auch die Tatsache, daß der Tod von Bannings Partner hinreichend verdächtig war, um eine Obduktion anzuordnen. Sie erklärte ihm, daß Banning und Cardover für verschiedene Umweltschutzgruppen die Zielscheibe diverser Aktionen gewesen seien und sie jetzt konkrete Drohungen überprüften, die Banning erhalten hatte.

Tom Keys war zufrieden. „Guter Stoff“, sagte er, „ich erkundige mich morgen nach mehr.“

„Nur wenn Sie etwas ganz Tolles für mich haben."

„Ich arbeite daran", sagte Keys. „In der Zwischenzeit habe ich da noch eine Kleinigkeit, die Sie vielleicht interessiert."

„Ich brenne darauf. Was ist es?"

„Fitch, der Typ, der *Gaias Rache* vorsteht, hat sich in Madeline Shipleys Sendung eingeschleimt." Er stieß sein heiseres Lachen aus, was in einen Hustenanfall mündete.

„Sie sollten weniger rauchen, Tom."

„Geschenkt", sagte er keuchend. Und als er wieder zu Atem kam: „Fitch ist ganz erstaunlich. Der melkt jede Situation, die ihm kostenlose Publicity gewährt. Er hat mir sogar einen Exklusivbericht über seine Kenntnisse öko-terroristischer Aktivitäten angeboten."

„Und haben Sie angebissen?"

„Berufsgeheimnis", sagte Keys. „Die Antwort wissen Sie, wenn's in der Zeitung steht."

Nachdem er aufgelegt hatte, ging Carol zu Miles Li hinüber, doch der war bereits auf dem Weg zu seinem Termin bei Bannings Freundin. Sie beschloß, einstweilen abzuwarten, was Phoebe Yarmelle ihm erzählte, ehe sie selbst sie vernähme.

Sie rief bei Madeline Shipley an, aber die war nicht in ihrem Büro, so daß sie ihr eine Nachricht hinterließ. Dann lehnte sie sich zurück und dachte über Gerald Fitch nach. Keys hatte recht, was die kostenlose Publicity anging – *Der Shipley-Report* hatte hohe Einschaltquoten, und wenn auch Tom Keys auf Fitchs Angebot einging, wäre das eine immense Werbung für *Gaias Rache*. Instinktiv rief sie ein paar ihrer Pressekontakte an und fand heraus, daß Fitch seine Geschichte breit angeboten hatte. Sie überlegte schon, ob sie Fitch anrufen sollte, beschloß dann aber abzuwarten, bis sie mit Madeline gesprochen hatte.

Später am Morgen brachte ihr Bourke einen Becher schwarzen Kaffee, setzte sich und berichtete, was er über Schwester Slade herausgefunden hatte. „Ihre Aktivitäten in Melbourne waren sehr unverblümt. Es gibt zwar keinen handfesten Beweis, doch offensichtlich hat sie bei zwei Komapatienten die lebenserhaltenden Maschinen abgestellt. Bei keinem der beiden bestand Hoffnung auf Heilung, insofern hat sie die Sache wahrscheinlich nur beschleunigt."

„Das ist doch keine Entschuldigung."

„Vielleicht nicht, Carol, trotzdem ist es nicht das gleiche wie die hinterhältige vorsätzliche Beseitigung durch eine tödliche Injektion. Außerdem kann ich kein Motiv finden, weshalb sie Cardover hätte umbringen sollen. Du etwa?"

Carol zuckte die Achseln. „Na gut, zugegeben, Marilyn Slade ist ein Schuß in den Ofen."

Als er aufstand, um zu gehen, sagte er: „Und hier ist noch die Auskunft über Loren Reece, die du haben wolltest. Ich habe einen Kollegen gebeten, in den Staaten zu recherchieren. Ihr ist nichts vorzuwerfen. Ich habe die Berichte gelesen, die sie letztes Jahr über Australien geschrieben hat. Sie kann wirklich schreiben, es gelingt ihr, das Charakteristische mit ein paar Sätzen auf den Punkt zu bringen."

Während sie ihren Kaffee trank, überflog Carol die Information, die Bourke ihr ausgedruckt hatte. Loren Reece war das einzige Kind von Robyn und William Reece, beide inzwischen verstorben. Sie war in Yorba Linda, Los Angeles, geboren. Hatte an der Universität von Los Angeles studiert, dort ihren Abschluß gemacht und bei einer kleinen Provinzzeitung in New Mexico als Journalistin begonnen. Von dort hatte sie sich bis in die renommierten überregionalen Zeitungen hochgearbeitet und sich dann als freie Journalistin mit ihren Spezialgebieten Reiseberichte und Frauenthemen einen Namen gemacht. Die Liste ihrer publizierten Artikel war beeindruckend, desgleichen die glühende Wertschätzung von Verlegern und der schreibenden Zunft.

Loren Reece war in den Vereinigten Staaten nie straffällig geworden, hatte jedoch zwei Tage in Mexiko eingesessen, als sie für einen Artikel über die Bestechlichkeit mexikanischer Gesetzeshüter recherchierte. Gesundheitlich war sie in bester Verfassung, besaß eine exzellente Kreditwürdigkeit und eine Wohnung in vornehmer Lage in New York City, obwohl sie oft außer Landes war. Es gab keinen Eintrag, daß sie je geheiratet hatte.

Carol faltete die Seiten zusammen, verstaute sie in der Schreibtischschublade und dachte, daß der Datenschutz in den letzten Jahren ziemlich abhanden gekommen war. Jeder Mensch mit Zugang zu einem Computer konnte im Internet reisen und die allgemeinen Fakten in Erfahrung bringen, und es bedurfte weniger weiterer Kenntnisse, an Informationen über Kontostand, Gesundheitsdaten und Immobilienbesitz anzueignen.

Welch ein unangenehmer Gedanke, sich vorzustellen, daß Loren höchstwahrscheinlich ähnliche Recherchen über sie angestellt hatte. Was hätte Carol ihr lieber vorenthalten? Ihr Gehalt? Die zweite Hypothek, die sie für den Umbau ihres Hauses aufgenommen hatte? Die Tatsache, daß sie lesbisch war? Ironisch-amüsiert mußte Carol sich eingestehen, daß es sie befriedigte, im Leben anderer Leute herumzustöbern, ihr aber zutiefst zuwider war, wenn andere das bei ihr taten.

Sie ging zu Sam Goolwa hinüber, der an seinem Computer saß und auf den Monitor starrte. „Wie kommen Sie mit der *Gaia*-Liste voran? Haben Sie weitere Morde entdeckt?“

„Bisher nicht.“ Er klang enttäuscht. „Ich meine, einige dieser Todesfälle erscheinen mir verdächtig, doch es gibt keinen Beweis für vorsätzlichen Mord.“

Über seine Verdrossenheit mußte sie grinsen. „Ein internationaler Serientäter wäre Ihnen lieber?“

Er lachte. „Nein, natürlich nicht.“

Sie blickte über seine Schulter auf den Bildschirm. „Welche Todesfälle erscheinen Ihnen verdächtig?“

„Ich tippte auf den Mann, der mit Anfang dreißig einen Herzanfall hatte, aber in seiner Familie sind Herzprobleme bekannt. Bei denen, die durch Unfall umgekommen sind, lohnt sich jedoch ein zweiter Blick. Zum Beispiel bei dem, der in London die Treppe herabgestürzt ist und sich das Genick gebrochen hat. Da gab es keine Zeugen. Dann diese italienische Nerzzüchterin, die an einem elektrischen Stromschlag starb, der Manager dieses Chemiekonzerns, der von einer Felskante im Grand Canyon abstürzte, und der Typ von der Ölgesellschaft CEO, der eine Kugel in den Kopf bekam, als er durch einen Zaun kletterte.“

„Wenn es tatsächlich einen Killer gibt, ist er ziemlich variantenreich“, konstatierte Carol. „Allerdings besteht durchaus die Möglichkeit, daß all diese Fälle das sind, was sie scheinen – Unfälle.“

„Ja“, antwortete Goolwa düster.

„Sam, Sie haben gute Arbeit geleistet, die uns vielleicht noch weiterhilft, doch jetzt müssen wir uns darauf konzentrieren, ob die *Gaia*-Gruppe irgend etwas mit den Morden an Banning oder Cardover zu tun hat.“

Als sie sich zum Gehen wandte, sagte er: „Ich sollte doch Nachforschungen über Bonnie d'Arlene in der New

Yorker Zentrale von *Gaias Rache* anstellen. Sie ist momentan in Australien."

Carol drehte sich zu ihm um. „Sie ist hier?"

„Allerdings." Er blickte auf seine hingekritzelten Notizen. „Kam vor drei Wochen mit einem Touristenvisum ins Land und gab als Adresse ein Hotel in Bondi an. Da ist sie aber längst nicht mehr, und es gibt keinen Hinweis, daß sie das Land verlassen hat. Wer weiß, wo sie steckt."

Daß der Besuch der Vorsitzenden von *Gaia* offensichtlich mit den Todesfällen, die auf der Webseite der Organisation gefeiert wurden, zusammenfiel, machte sie stutzig. „Sam, finden Sie über diese Frau alles heraus, was Sie können. Überlassen Sie Fitch mir."

Auf dem Weg ins Büro sah sie Miles Li und rief ihn zu sich. „Wie war die Vernehmung von Phoebe Yarmelle?"

„Ich habe noch kein Protokoll geschrieben, aber ich kann Ihnen gleich sagen, daß Banning Phoebe versprach, sich von seiner Frau scheiden zu lassen, und bereits einen Anwalt beauftragt hat."

„Wann hat sie Banning zuletzt gesehen?"

Li strich sich das Haar aus dem Gesicht. „Am Abend bevor er starb. Sie haben in ihrer Wohnung zusammen gegessen, und gegen halb elf ist er nach Hause gefahren. Ich habe gefragt, ob er einen besorgten oder geistesabwesenden Eindruck gemacht hätte, und sie sagte, er wäre wie immer gewesen."

„Wo war sie, als er ermordet wurde?"

„Sie hat geschlafen, sagt sie. Sie hätte einen faulen Morgen verbracht, allein, und erst mittags durch die Nachrichten im Radio erfahren, was passiert war."

„Phoebe Yarmelle hat Ihnen wohl nicht verraten, daß Banning sie vor ein paar Monaten gebeten hatte, die Organisation *Gaias Rache* zu infiltrieren?"

„Mit keiner Silbe“, erklärte er sichtlich brüskiert.

„Was haben Sie sonst noch?“

„Nur daß Banning die Miete für die Wohnung bezahlt hat, es ist eines dieser Luxusetablissements in Kirribilli. Und dann hat sie sich darüber ausgelassen, daß seine Frau ihn ja nicht verstand und wie sehr sie ihn geliebt hat.“ Sein angespeister Ton verriet seinen Abscheu über diesen abgehalfterten Trick.

„Haben Sie ihre Telefonnummer?“

„Ja sicher. Sie gab mir ihre Karte.“

Carol sah auf das Kärtchen und zog fragend die Augenbraue hoch. „Innendekorateurin?“

„Sie sagte, sie arbeite als solche.“

Carol ging ans nächste Telefon und tippte die Nummer ein. „Ms. Yarmelle? Hier ist Kriminalkommissarin Ashton. Ich leite die Ermittlungen im Mordfall Banning. Ich weiß, daß Sie bereits mit Kriminalmeister Li gesprochen haben, aber es ist etwas Neues ans Licht gekommen. Könnten Sie vielleicht gleich herkommen, wenn Kriminalmeister Li Sie abholt?“

Sie hörte der hohen Stimme am anderen Ende der Leitung zu, die sich einverstanden erklärte, dann bedankte sich Carol und legte auf. „Machen Sie kehrt, Miles, Sie erwartet Sie in einer halben Stunde vor dem Eingang.“ Und als er sich auf dem Absatz umdrehte, fügte sie hinzu: „Wissen Sie, ich glaube, sie hat ein Faible für Sie.“ Noch in ihrem Büro grinste sie über Miles Gesichtsausdruck.

Eine Stunde später erschien er mit Phoebe Yarmelle. Carol hatte sie sich ganz anders vorgestellt. Sie wußte, daß sie Mitte zwanzig war, aber sie wirkte viel jünger. Sie war attraktiv, aber nicht umwerfend, volles braunes Haar umrahmte ihr intensives Gesicht. Ihre Augen waren das

Bemerkenswerteste an ihr, sie waren groß und sehr blau. Sie war nicht dürr wie ein Model, sondern eher gut gepolstert. Eine gemütliche Figur. Sie war nach der neuesten Mode gekleidet, was an ihr eher unpassend wirkte, sie sah aus wie ein aufgetakeltes Kind. Dieser Eindruck war zum Teil ihrer Piepsstimme zu verdanken, zum Teil ihrer Größe, obwohl sie schon so hohe Stöckelsandaletten trug, daß Carol sich fragte, wie sie darauf laufen konnte, ohne sich die Knöchel zu verstauchen.

Carol machte Miles Li ein Zeichen, bei dem Gespräch dabei zu sein, ehe sie mitfühlend zu Phoebe sagte: „Das muß ein schwerer Schlag für Sie sein."

Phoebe ließ ihre riesige Schultertasche zu Boden gleiten, warf sich auf den nächsten Stuhl und zerrte an ihrem kurzen Lederrock in dem Versuch, sittsam zu wirken. „Sie sagen es! Wally war so gut zu mir, daß ich nicht glaube, noch einmal einen Mann wie ihn zu finden – jedenfalls nicht so bald."

„Er hat Ihre Wohnung bezahlt?"

„Ja, sechs Monate im voraus." Sie machte ein besorgtes Gesicht. „Das sind noch vier Monate. Seine Frau wird mich da wohl kaum raushauen, oder? Wally hat gesagt, er würde sein Testament ändern, damit sie nicht alles kriegt, falls ihm was passiert." Sie rutschte auf dem Stuhl herum, während sie an ihrem Rock zerrte. „Ich glaube nicht, daß er schon was unternommen hat. Er sagte, das Testament müsse nach der Scheidung ohnehin geändert werden."

Carol fragte sich, was ein Mann in Bannings Position an einer wie Phoebe finden mochte. Daß er sich keine Vorzeigepuppe auserwählt hatte, keine grazile, extravagante Trophäe, überraschte sie. Andererseits hatte Phoebe einen ganz eigenen Charme. Carol mochte ihre unprätentiöse Art und ihren Elan und die Unbefangenheit.

Phoebe sagte: „Sie haßt mich, wissen Sie."
„Mr. Bannings Frau, meinen Sie?"
„Ja, Felicity", sagte sie mit Abscheu. „Sie kam eines Abends und machte mir in meiner eigenen Wohnung eine gewaltige Szene, ob Sie's glauben oder nicht." Dann grinste sie. „Sie hätten mal hören sollen, was die mich nannte. So was käme ja nicht mal mir über die Lippen. Und dabei schrie sie so laut, daß ich Angst hatte, jemand aus dem Haus würde die Polizei rufen."
Phoebe klang überzeugend, trotzdem wollte Carol Beweise. „Haben Sie eine Ahnung, ob jemand den Streit mitangehört hat?"
Sie zuckte die Achseln. „Was weiß ich? Am nächsten Morgen haben mich ein paar Leute komisch angesehen." Dann erhellte wieder ein Lächeln ihr Gesicht. „Allerdings kommt das öfter mal vor. Fragen Sie mich nicht, warum."
„Wenn wir hier fertig sind, möchte ich, daß Sie Kriminalmeister Li alle Einzelheiten über den Streit zu Protokoll geben."
Phoebe bedachte Li mit einem strahlenden Lächeln. „Es wird mir eine Freude sein. Aber es gab nicht nur den einen. Wollen Sie die anderen auch?"
Belustigt versicherte Carol ihr, daß sie von jeder Begegnung zwischen Phoebe und Felicity Banning wissen wolle. Dann fragte sie unvermittelt: „Ich glaube, Sie sind vor ein paar Monaten der Organisation *Gaias Rache* beigetreten."
Phoebe legte den Kopf schief. „Ja und?"
„Hat Mr. Banning Sie darum gebeten, sich der Gruppe anzuschließen, um zu sehen, was dort vorgeht, oder war es allein Ihre Idee?"
„Was, wenn ich sage, ich wollte meinen Beitrag zur Rettung der Welt leisten?" fragte Phoebe grinsend. „Ich

habe für diesen Zweck einen ganzen Batzen gespendet, wissen Sie."

„Ihr Geld?"

„Aber nicht doch! Wallys."

„Wir fragen uns, ob jemand von *Gaias Rache* mit dem Mord an Mr. Banning zu tun haben kann."

Phoebes Lächeln erstarb. „Könnte sein. Der Anführer ist ein Typ namens Fitch. Kennen Sie ihn?"

„Wir kennen uns", sagte Carol.

„Wirkt ganz unbedarft, nicht? Tja, aber das täuscht. Er hat sich durch einen Bluff Zutritt zu Wallys Büro verschafft und Wally gesagt, daß er umgebracht werden würde. Exekutiert, genau gesagt, als wäre Wally ein Verbrecher."

„Warum sind Sie *Gaias Rache* beigetreten?"

Phoebe beugte sich über Carols Schreibtisch und sagte in vertraulichem Ton: „Wally hatte eine Todesangst, wissen Sie. Ich habe ihm gesagt, daß man ihm schließlich schon tausendmal gedroht hatte, ohne daß etwas passiert war, aber er sagte, diesmal sei es was anderes. Um ihn aufzurichten, hab' ich gesagt, ich könnte mich in die Gruppe einschleichen und sehen, was da vorgeht. Es war mir nicht so ganz ernst damit, doch Wally biß sofort an, deshalb mußte ich's dann durchziehen."

„War das nicht schwierig?" fragte Carol.

„Eigentlich nicht. Ich hab' alle richtigen Dinge gesagt, über Wale und den Regenwald und wie die Großkonzerne alles kaputt machen, das hat sie überzeugt, daß ich auf dem richtigen Weg bin. Zuerst hat es mir Spaß gemacht, als wäre ich ein Spion, aber dann wurde es mir ziemlich langweilig, immer ging es um Umweltverschmutzung und dieses Zeug. Ich hab' das wacker durchgestanden, obwohl ich das Ganze für einen Witz hielt, was ich

Wally gesagt habe. Doch dann ging mir auf, daß der Verein überhaupt nicht zum Lachen war. Und kurz darauf rief jemand bei *Gaia* an und hat mich verpfiffen, so daß sie mich rauswarfen."

Phoebe beugte sich vor, als wolle sie Carol davon überzeugen, daß sie etwas Wichtiges mitzuteilen hatte. „Diese *Gaia*-Gruppe, die bringt weltweit Leute um. Und die Halunken haben Wally kaltgemacht, genau wie Fitch es gesagt hat."

Bestimmt hatte Phoebe die Liste im Internet gesehen, deshalb fragte Carol: „Woraus schließen Sie das? Aus der Webseite der Organisation mit der Überschrift: Wichtige Streichungen?"

„Ich hab's aus erster Hand", erklärte Phoebe zornig. „Fitch ist ein Großmaul, er wollte mir imponieren, weil er dachte, ich stehe auf ihn. Also hab' ich so getan, und er hat zuviel geredet. So einfach war das."

„Hat er irgendwelche Namen genannt?"

„Als ob er das täte! Nicht mal Fitch ist so blöd. Er hat mir erzählt, daß *Gaia* einen Attentäter gedungen habe. So hat er ihn genannt, einen Attentäter, als sei der Kerl was Besseres als ein ganz gewöhnlicher Mörder. Fitch sagte, daß mit einem Teil der Mitgliedsbeiträge das Gehalt dieser Person bezahlt würde, so als ob es sich um einen ganz normalen Job handelte."

„Haben Sie je von Bonnie d'Arlene gehört?" fragte Carol.

„Von Big Bonnie? Sie hat das Ganze gestartet. Sie leitet *Gaia* von New York aus."

„Wußten Sie, daß sich Ms. d'Arlene zur Zeit in Australien aufhält?"

„Ja? Hat mir niemand gesagt." Phoebe richtete einen lila Fingernagel auf Carol. „Wenn das stimmt, sollten Sie sich die vorknöpfen, Kommissarin. Eine echte Fanatikerin. Ich hab' ihre Bänder gesehen und das Zeug, was sie schreibt, und ich kann Ihnen sagen, sie denkt, um die Welt zu retten, ist jedes Mittel recht." Sie nickte zur Bestätigung, dann nahm sie ihre Sachen. „Ich muß jetzt los."

„Tut mir leid, aber ehe Sie gehen, müssen Sie noch Ihre Aussage zu Protokoll geben", erklärte Carol. „Und vielleicht möchten Sie erklären, warum Sie sich nicht an die Polizei gewandt haben, als Ihnen aufging, daß Mitglieder von *Gaia* des Mordes fähig wären und speziell Mr. Banning bedroht hatten."

Phoebes Kopf fuhr hoch. „Wally wollte das nicht. Er sagte, er könnte es sich nicht leisten, daß die Polizei in seinen Geschäften herumschnüffelt. Er sagte, er hätte alles unter Kontrolle, denn er bekäme einen Bodyguard. Einen Profi." Sie warf die Hände hoch. „Aber es war zu spät. Noch ehe er dazu kam, haben sie ihn erschossen."

„Sie hätten sofort mit dieser Information zu uns kommen müssen, als Sie erfahren haben, daß Mr. Banning ermordet wurde. Warum haben Sie das nicht getan?" bohrte Carol.

Phoebe grinste einfältig. „Dachte wohl, ich könnte mich raushalten, oder? Aber ich mußte irgendwas tun und hab' einen Brief geschrieben, den Sie wohl morgen mit der Post kriegen, und Ihnen alles erzählt. Anonym natürlich."

„Kriminalmeister Li wird Ihre Aussage zu Protokoll nehmen. Bitte, erzählen Sie detailliert alles, was Sie über die Gruppe und Mr. Fitch wissen."

„Klar doch. Wollen Sie auch die Mitgliederlisten?"

Carol bekam große Augen. „Sie haben Kopien?"

„Ich mache nie halbe Sachen", erklärte Phoebe befriedigt, „und mit Computern kenne ich mich aus. Ich habe die Unterlagen kopiert, und Sie können sie haben, wenn Sie wollen." Sie fischte in ihrer riesigen Tasche. „Es war ohnehin kein Geheimnis. Fitch hat die Namen und Adressen verkauft und Geld damit gemacht. Hauptsächlich an Firmen, die dieses ätzende Schuhwerk produzieren und Ausrüstung zum Bergsteigen und all dieses organische Zeugs." Sie zog ein Bündel verknitterter Seiten hervor und reichte sie Carol.

„Wie diese Ökotypen so was tragen können, ist mir schleierhaft", sagte Phoebe. „solche Flurschadenbretter mit dicken breiten Riemen, einfach gruselig." Wohlgefällig betrachtete sie ihre Stilettosandaletten. „Man braucht unbedingt was Hübsches an den Füßen, wissen Sie."

Madeline Shipley rief nach der Mittagspause an. „Tut mir leid, Carol, ich hasse es, meine Lieblingskommissarin warten zu lassen, aber ich war zu Außenaufnahmen. Was kann ich für dich tun?"

„Gerald Fitch", sagte Carol.

Madeline ließ ihr berühmtes rauchiges Lachen hören. „Offensichtlich hast du gehört, daß ich was über ihn mache. Er und seine Umweltschutzgruppe sind zwar ein bißchen überkandidelt, aber das gibt eine gute Geschichte her."

„Und was für eine spezielle Geschichte gibt Mr. Fitch zum Besten?"

Carols sarkastischer Ton amüsierte Madeline hörbar. „Ich interviewe ihn morgen abend über diese Gruppe mit dem kuriosen Namen *Gaias Rache*, und er hat mir ein paar Knüller versprochen. Wenn du dir heute abend den Trailer in meiner Sendung ansiehst, bekommst du eine Ahnung davon." Sie machte eine Pause und fügte dann hinzu: „Sag, du siehst doch meine Sendung, Carol?"

Carol sah direkt vor sich, wie Madelines Gesicht dieses enthusiastische Funkeln bekam, das ihre Ausstrahlung fünfmal pro Woche im Fernsehen ausmachte. Sie war nicht einfach nur telegen, Madeline Shipley war eine echte Schönheit, und gepaart mit offensichtlicher Intelligenz und Sinn für Humor sorgte das für dauerhaft hohe Einschaltquoten ihres Programms zur besten Sendezeit.

„Was für Knüller?“ wollte Carol wissen.

„Ich hätte dich ohnehin angerufen“, sagte Madeline, „allerdings erst nach der Sendung morgen abend. Fitch sagt, es gebe eine weltweite Verschwörung, Menschen ins Jenseits zu befördern, die er als Umweltvandalen bezeichnet.“

„Du hast *Gaias* Webseite gesehen?“

„Sicher. Mein Recherchenteam hat sofort nachgeschaut.“

„Fitch wird lediglich die Namen auf der Internetliste wiederholen“, sagte Carol. „Ich habe jemanden darauf angesetzt, die Todesfälle zu überprüfen, und es ist völlig ausgeschlossen, daß die alle ermordet wurden.“

„Ich weiß nicht, warum du das mit solchem Nachdruck sagst“, erwiderte Madeline. „Ich meine, drei dieser sogenannten Vandalen starben hier in Australien. Korrigiere mich, wenn ich mich irre, aber untersuchst du nicht zwei davon als Mordfälle? Und diese Erschießung bei der Känguruhjagd kommt sogar mir höchst verdächtig vor.“

Bei der Erwähnung des Todes von Edward Guthrie runzelte Carol die Stirn. Offenbar hatte Fitch Madeline davon erzählt. Die Medien liebten Verschwörungstheorien und würden die Gelegenheit ergreifen, die Erschießung Guthries mit den Morden an Banning und Cardover in Verbindung zu bringen, auch wenn es keinen stichhaltigen Beweis gab, daß ein Zusammenhang existierte.

„Guthries Tod wurde als Unfall gewertet“, sagte Carol. „Da ist nichts dahinter.“

Madeline gluckste leise. „Du verheimlichst mir doch wohl nicht etwas, Carol, oder?“

11

Am Spätnachmittag fuhren Carol und Bourke zu Banning & Cardover in der Innenstadt. Es war nicht leicht gewesen, einen Termin mit Jonathan Cardover zu verabreden, und er hatte nur ungern eingewilligt.

Eine magere junge Frau in einem Microfaserkleid führte sie mit einem dünnen Lächeln in den Raum, der Cardover seniors Büro gewesen war, wie Carol wußte. Das Mobiliar war schwer und dunkel, rings an den Wänden standen Bücherregale mit ledergebundenen Bänden.

Jonathan Cardover saß hinter dem massigen Schreibtisch und rührte sich nicht vom Fleck. Als Carol sich umsah, erklärte er: „Hier wird alles geändert, sobald ich das Zeug rausreißen kann. Mein Vater hatte keine Ahnung von dem, was modern ist, weder im Geschäftlichen noch in der Ausstattung.“

„Vielen Dank daß Sie Zeit für uns gefunden haben“, sagte Carol, als wäre Cardover sehr kooperativ gewesen. Sie setzte sich in einen der klobigen dunkelgrünen Ledersessel dem Schreibtisch gegenüber.

Cardover wartete, bis Bourke Platz genommen hatte, dann blaffte er Carol an: „Ich bin sehr beschäftigt, Kommissarin Ashton, ich habe wirklich keine Zeit, es wäre mir deshalb lieb, wenn wir es kurz machten.“

Seine Stimme war laut und fordernd, so als sei er gewöhnt, sich durchzusetzen. Carol musterte ihn. Er hatte dichtes schwarzes Haar und einen Zug um den Mund, der seinem Gesicht etwas Hartes gab. Für seine Größe war er entschieden zu schwer, er entwickelte bereits Hängebacken, obwohl er noch relativ jung war. Sein Nacken quoll über den engen Kragen seines gestreiften Hemdes.

„Ihr Vater wurde ermordet, Mr. Cardover. Ich nehme doch an, daß Sie den Mörder vor Gericht sehen möchten."

„Selbstverständlich! Aber ich kann Ihnen gar nichts sagen, was Ihnen irgendwie weiterhilft." Lauernd starrte er Carol und Bourke über die polierte Tischplatte hinweg an. „Übrigens könnte es sich bei dem Tod meines Vaters durchaus um einen Gnadenakt gehandelt haben."

„Woraus schließen Sie das, Mr. Cardover?"

Carols höfliche Frage irritierte ihn. „Nun, das herauszufinden, ist ja wohl Ihr Job, nicht wahr? Haben Sie das Klinikpersonal überprüft? Ich habe schon davon gehört, daß Krankenschwestern dem Leben ihrer Patienten bewußt ein Ende setzen. Das ist keine Seltenheit, oder? Vielleicht ist mein Vater ja das Opfer einer irregeleiteten Person geworden, die gedacht hat, sie erlöse ihn von seinem Leid."

„Gibt es einen triftigen Grund für den Verdacht auf Sterbehilfe?"

Er schlug die Handflächen auf den Tisch, beugte sich vor und sagte mit Nachdruck: „Es war kein Mord. Das ist unmöglich. Und ich will nicht, daß meine Mutter in so eine sinnlose Untersuchung hineingezogen wird, und das bloß, weil ein paar Polizisten sich hier aufplustern."

Carol überging diese unverschämte Beleidigung. Unbeherrschtheit führte oft dazu, daß eine Person zuviel sagte. „Wir werden auch von Ihrer Mutter eine Aussage zu Protokoll nehmen müssen."

„Das ist Zeitverschwendung. Meine Mutter weiß auch nicht mehr als ich. Mit anderen Worten: gar nichts."

Bourke blätterte in seinem Notizbuch. „Würden Sie uns verraten, wo Sie waren, als Ihr Vater starb? Sagen wir zwischen halb fünf und halb sieben am Freitagmorgen."

„Meinen Sie damit, ich gehöre zu den Verdächtigen?"

„Es ist eine reine Formsache", entgegnete Bourke ungerührt, „aber wir müssen diese Frage stellen."

„Ich war im Bett. Allein. Gegen sechs Uhr früh bin ich aufgestanden und habe einen Morgenspaziergang gemacht."

„Sie waren in Ihrem Haus in Balmain?"

„Natürlich." Er rutschte ungeduldig in seinem Sessel.

„Wie war das Wetter?"

Cardover lief rot an. „Weiß ich nicht. Kalt, etwas feucht, glaube ich. Ich hatte keinen Grund, mir das einzuprägen."

Erstens war es noch nicht mal eine Woche her, und zweitens konnte Carol sich nicht vorstellen, daß ein Sohn die Details des Tages vergaß, an dem sein Vater gestorben war. „Hat jemand Sie gesehen? Haben Sie mit irgendwem gesprochen?" fragte sie.

„Ach, das ist ja lächerlich!" Der Sessel quietschte, als er sich zurücklehnte und die Arme verschränkte. „Ich habe nichts mehr zu sagen."

„Wir haben gehört, daß Sie sich in den Wochen vor seinem Tod verschiedentlich mit Ihrem Vater gestritten haben."

Cardover nahm die Arme herunter. „Wer hat Ihnen das gesagt? Marcie Evans?" Er grunzte haßerfüllt. „Diese Schlange. Mein Vater hat ihr alles durchgehen lassen. Sie war völlig unfähig, deshalb mußte ich sie feuern. Kein Zweifel, daß sie einen Haß auf mich schiebt, insofern rate ich Ihnen, hören Sie nicht auf das, was sie sagt."

„Etliche Leute haben bestätigt, daß es zwischen Ihnen und Ihrem Vater Streit gegeben hat", erklärte Bourke.

Eine Pause entstand, während Cardover das verdaute. Schließlich sagte er: „Wir haben uns also gestritten. Na und?"

„Wie wir gehört haben, ging es dabei um Ihre Position in der Firma", sagte Carol.

Cardover strich sich zweimal mit der Hand übers Haar, als müsse er sich beruhigen. Dann erwiderte er in moderatem Ton: „Daß ich ambitioniert bin, ist kein Geheimnis. Ich habe für dieses Unternehmen hart gearbeitet, und ich will an der Spitze mitwirken. Ich habe es mir verdient."

„Aber", sagte Carol, „Walter Banning und Ihr Vater wollten Ihnen keine weitere Verantwortung übergeben. Stimmt das?"

Verächtlich zog er die Oberlippe hoch. „Alte Männer, jenseits von Gut und Böse. Es war bloß eine Frage der Zeit. Und Zeit habe ich genug." Er schob seine Manschette hoch und sah pflichtschuldig auf seine Uhr. „Ich habe einen wichtigen Termin, ich fürchte also, das war's, Kommissarin."

„Es wäre möglich, daß eine Umweltschutzgruppe namens *Gaias Rache* Ihren Vater bedroht hat", erklärte Bourke.

Cardover stand auf. „Der Name sagt mir nichts, oder ich hab' ihn vergessen. Extremisten beachte ich nicht. Verlierer, allesamt. Und jetzt wollen Sie mich bitte entschuldigen."

„Haben Sie den Namen Gerald Fitch schon einmal gehört? Oder Bonnie d'Arlene?" fragte Carol.

„Kenne ich nicht“, antwortete Cardover, noch ehe sie den Satz beendet hatte.

Draußen sagte Bourke: „Wenn man sich die beiden Todesfälle anschaut und fragt, wer davon profitiert, dann ist es Jonathan Cardover – auf der ganzen Linie.“

„*Gaias Rache* auch.“

„Carol, was hältst du von diesem mythischen Attentäter, den Phoebe Yarmelle erwähnte?“

„Ich hoffe, das es ein Mythos ist. Fitch ist durchaus zuzutrauen, daß er eine Geschichte erfindet, um einer wie Phoebe zu imponieren, besonders wenn er ein Auge auf sie geworfen hat.“

„Auf sie?“ Bourke schüttelte den Kopf. „Da kannst du mal sehen.“

Sobald sie ins Büro kam, rief sie Gerald Fitch an. Er tat höchst erfreut. „Kommissarin! Was verschafft mir die Ehre?“

„Ich habe ein paar Fragen an Sie. Ich glaube, Bonnie d'Arlene ist zu Besuch hier. Stimmt das?“

„Sie ist hier, Sie können sie aber leider nicht treffen. Sie ist irgendwo im Qutback. Im Norden wahrscheinlich, ich kann's wirklich nicht sagen. Ihre Pläne sind ziemlich wechselhaft, doch ich weiß, daß sie etwas von der wunderbaren Natur Australiens sehen will.“

„Wird sie sich bei Ihnen melden, ehe sie abreist?“

„Ich denke schon, Kommissarin. Soll ich sie bitten, Sie anzurufen?“

Er klang äußerst hilfsbereit, aber Carol erwartete nicht, daß er diesem oder sonst einem Angebot nachkäme. „Das wäre sehr freundlich von Ihnen“, sagte sie. „Ach, und wie steht es mit Ihrer Mitgliederliste? Sie haben gesagt, Sie würden sie schnellstens zur Verfügung stellen.“

„Tut mir leid, ich bin noch nicht dazu gekommen, sie zusammenzustellen“, sagte er unbekümmert.

Carols Blick fiel auf den Schnellhefter mit den Blättern von Phoebe Yarmelle. „Wenn Sie es einrichten könnten, wäre ich Ihnen sehr dankbar“, sagte sie liebenswürdig.

„Ist das alles?“ fragte Fitch hilfsbereit. „Sie wissen ja, ich tue für Sie, was ich kann.“

„Wir haben mit Phoebe Yarmelle gesprochen“, sagte Carol. „Sie gab uns eine beunruhigende Information.“

Fitch lachte. „Lassen Sie mich raten. Über einen gedungenen Killer? Phoebe hat eine rege Phantasie, und ich fürchte, wir haben sie ein bißchen aufgezogen und ihr eine Riesengeschichte aufgetischt. Ich dachte, das wäre ihr inzwischen aufgegangen.“

„Offenbar nicht“, sagte Carol. „Ms. Yarmelle schien überzeugt zu sein, daß Walter Banning das Opfer des Profis ist, den *Gaia* engagiert hat.“

„Schade, daß unser kleiner Scherz so ernst genommen wurde.“

„Ja, nicht wahr?“ antwortete Carol. Sie beendete das Gespräch in der Überzeugung, daß sie bei Fitch nur weiterkäme, wenn sie ihm gegenüberstünde. Für einen des Mordes Verdächtigen amüsierte er sich offensichtlich zu sehr.

Eleanor rief an und lud Carol am Freitag zum Abendessen ein, um Davids Vorladung vor Gericht zu besprechen, sein Termin war in der kommenden Woche. Carol hatte täglich mit ihrem Sohn telefoniert. Seine Flapsigkeit war verschwunden, und sie merkte an seinen Fragen, daß er sich vor dem Jugendgericht und vor dem, was ihm dort blühen könnte, fürchtete.

Seufzend wandte sich Carol dem Papierkram zu, der sich auf ihrem Schreibtisch stapelte. Es führte wohl nichts daran vorbei, sich hindurchwühlen zu müssen. Zuoberst im Eingangskorb lag Sam Goolwas Bericht über Bonnie d'Arlene. Die nicht verfügbare Gründerin von *Gaia* war in den Vereinigten Staaten etliche Male verhaftet worden, wegen geringfügiger Verstöße anläßlich von Demonstrationen gegen Personen und Institutionen, die sie als Umweltbedrohung einstufte, aber das war auch alles.

Übers Internet hatte man ihr verschiedene Aufnahmen geschickt, die bei einer New Yorker Verhaftung gemacht worden waren. Auf dem frontalen Foto blickte Bonnie d'Arlene herausfordernd in die Kamera, mit hochgerecktem Kinn und zusammengepreßten Lippen. Im Profil fiel die stark gebogene Nase auf und der schwere Zopf auf ihrem Rücken.

Carol spielte mit ihrem schwarzen Opalring, während sie das Porträtfoto studierte. Bonnie d'Arlene sah wütend und furchterregend aus. Aber eine Mörderin?

Sie rief Anne Newsome zu sich und gab ihr die Fotos. „Das ist Bonnie d'Arlene. Sie ist legal im Land, aber wo, scheint niemand zu wissen. Gerald Fitch brauchen Sie nicht zu fragen; er sagt vage, sie sei im Outback. Bestimmt benutzt sie Reiseschecks und Kreditkarten. Finden Sie sie."

12

Carol hatte sich um halb acht mit Loren Reece in der Hotellobby verabredet. Die Reservierung fürs Abendessen war um acht Uhr in einem Restaurant, das wegen seiner Aussicht auf den Hafen und die angestrahlte Oper berühmt war. Carol hatte soviel Papierkram zu bearbeiten, daß sie Bourke mit Anne zu Felicity Banning schickte, um ihr wegen der unerwähnten Scheidung und dem ebenfalls unerwähnten schrillen Auftritt bei der Geliebten ihres Mannes auf den Zahn zu fühlen.

Carol hätte vom Büro aus zum Hotel gehen können, doch sie fuhr zuerst nach Hause, um zu duschen, sich umzuziehen und um Sinker zu kümmern, der sie beleidigt beäugte, als ihm klarwurde, daß sie wieder fortging.

Als ihr bewußt wurde, daß sie sich besonders sorgfältig zurechtmachte, schalt sie sich, schließlich handelte es sich um eine berufliche und keine private Verabredung. Trotzdem musterte sie ihr Aussehen im Bodenspiegel, ehe sie das Haus verließ. Ihr blondes Haar war erst kürzlich geschnitten und fiel weich herab, die smaragdgrünen Ohrringe betonten ihre grünen Augen, und das diagonal geschnittene fließende Modellkleid in gedecktem Rosé gehörte zu ihrer Lieblingskleidung.

Auf ihrer Fahrt in die Innenstadt überdachte Carol die Parameter, die sie mit der Journalistin festlegen wollte. Ihre Anwesenheit bei Zeugenvernehmungen oder Verhören von Verdächtigen würde Carol keinesfalls gestatten. Aber sie könnte bei der Arbeit im Büro und bei Lage- und Einsatzbesprechungen zugegen sein, allerdings nur unter der Voraussetzung, daß sie ohne Carols Einverständnis nichts davon verlauten ließ.

Carol wünschte, sie hätte die Gelegenheit, die letzten Artikel Lorens zu lesen. Wenn die Journalistin sich mit der Arbeit einer spezifischen Person befaßte, würde sie bestimmt auch das Privatleben erwähnen, so Carols Vermutung. Nun, dorthin vorzudringen konnte Loren sich gleich abschminken. Carol hatte nicht die Absicht, diese Frau in ihrem Privatleben herumschnüffeln zu lassen.

Als Carol hereinkam, wartete Loren bereits in der Lobby des Ritz-Carlton. „Sie sehen phantastisch aus", sagte sie lächelnd.

„Sie sehen auch nicht schlecht aus", antwortete Carol trocken, mußte aber zugeben, daß Loren Reece – wie in der Galerie ganz in Schwarz –, die untertriebene Eleganz in Person war.

„Sollen wir zu Fuß gehen? Ich glaube, es ist nicht weit."

Der Abend war mild, so daß Carol spontan zustimmte. Sie schlenderten zum Circular Quay, der hellerleuchtet und voller Menschen war, die offensichtlich zur Oper strömten. An den Kais herrschte lebhafter Fährbetrieb, die Passagiere strömten ins Zentrum. Carol hörte das leise Schwappen des Meeres gegen die Pfeiler, der Geruch von Öl, Teer und Salzwasser stach ihr in die Nase.

„Tolle Brücke", bemerkte Loren und deutete auf den riesigen grauen Bügel, der Nord- und Südufer des Hafens verband. In der Ferne konnte sie das leise Pfeifen eines Zuges hören und seine Lichter vorbeizischen sehen.

Das Restaurant sah so teuer aus, wie es war. Das Licht darin war gedämpft, was eine vorteilhafte Aussicht auf den Hafen und die Stadt gewährte. Loren hatte einen Tisch am Fenster reservieren lassen, so daß sie aus einer neuen Perspektive auf den Trubel am Kai herabschauten. Der aufmerksame Ober, ein junger Mann mit einem außergewöhnlich hübschen Gesicht, aber einem weichen aufgedunsenen Körper, reichte Carol die Weinkarte, als Loren sie bat, einen australischen Wein auszuwählen.

„Wir wollen nicht gleich über berufliche Dinge reden", sagte Loren. „Erzählen Sie mir über Sydney."

„Sie sind ja schon hier gewesen und haben sogar einen oder zwei Artikel darüber geschrieben", erklärte

Carol, „insofern bezweifle ich, daß ich Ihnen etwas Neues erzählen kann."

„Aber es ist Ihre Stadt. Sie kennen sie auf eine Weise, wie ich es nie könnte."

Das stimmte. Carol hatte fast ihr ganzes Leben in Sydney verbracht. Sie liebte es auf eine unverklärte Weise, kannte seine Schönheit ebenso wie die anrüchigen Straßen und schäbigen Ecken. Diese Stadt war mit einem der schönsten Häfen der Welt gesegnet und einer zum Surfen idealen Küste, wundervollen Stränden und einem milden Klima. Wann immer sie eine Zeitlang fortgewesen war, ging ihr bei der Rückkehr nach Hause vor Freude das Herz auf.

Carol sprach über Sydney, und Loren erzählte von ihren Eindrücken, die andere Städte in der Welt auf sie gemacht hatten, während sie Wein tranken und ein köstliches Mahl verzehrten. Beim Kaffee sagte Loren bedauernd: „Vielleicht sollten wir jetzt etwas arbeiten."

„Ohne Kassettenrecorder?"

„Ich benutze mein fotografisches Gedächtnis. Außerdem bezweifle ich, daß ich auch nur das geringste über Sie vergessen werde."

In ihrer Stimme lag ein scherzhafter, fast flirtender Unterton. Carol wußte aus Bourkes Bericht über sie, daß sie unverheiratet war. Ihre Spekulation mußte ihr anzusehen sein, denn Loren antwortet grinsend: „Ja, ich bin's. Wir wollen es lieber gleich klarstellen. Sie sind ja ziemlich offen, was Ihre sexuelle Orientierung anbelangt, das weiß ich. Ich hänge es zwar nicht an die große Glocke, verschweige es aber auch nicht, wenn mich jemand fragt."

„Bevor Sie mir gratulieren", erklärte Carol ironisch, „ich hatte kein begeistertes Comingout. Bei der Polizei ist das kaum von Vorteil."

„Sie waren verheiratet."

„Ja und bin geschieden. Diese Information ist nicht relevant für meinen Beruf."

„Nur als Hintergrund", sagte Loren. „Sie haben einen Sohn."

Sofort stellte Carol die Stacheln auf. „Ich will nicht über ihn reden."

„Ich habe ein Foto gesehen. Er sieht Ihnen verblüffend ähnlich."

„Mein Privatleben ist tabu." Obwohl Carol entschlossen war, kühl zu bleiben, konnte sie den Ärger in ihrer Stimme doch nicht verbergen. „Wie zum Teufel sind Sie an ein Foto von David gekommen?"

Carols Reaktion überraschte Loren sichtlich. „Auf keine anrüchige Weise, das versichere ich Ihnen. Es war in einer Pressemappe der Polizei. Sie und David auf einer Sportveranstaltung zugunsten von Straßenkindern."

Carol wußte, welches Foto sie meinte. Der Fotograf hatte ihr einen Abzug geschickt, und sie hatte es eingerahmt, weil David darauf aussah, als sei er ihr direkt aus dem Gesicht geschnitten. Sie und ihr Sohn hatten sich lachend in den Armen gelegen. Er brauchte dringend einen Haarschnitt und hatte ein aufgeschürftes Knie, weil er beim Dreibein-Wettlauf gefallen war, trotzdem gehörte es zu ihren Lieblingsfotos von ihm.

„Entschuldigung, ich habe überreagiert", sagte sie einlenkend.

„Wappnen Sie sich ruhig", erwiderte Loren. „Ich will Sie nämlich fragen, ob David von der Schule fliegt." Als Carol versteinerte, grinste sie. „Ich bin Journalistin, wissen Sie. Ich finde Dinge heraus."

„Da ich einheimischen Reportern keine Auskunft gebe, weiß ich nicht, wieso Sie glauben, daß ich mit Ihnen darüber rede." Sie war jetzt richtig sauer und hatte das Gefühl, mit dem Essen und der entspannten Unterhaltung eingelullt worden zu sein.

Loren beugte sich vor und berührte ihre Hand. „Also gut, Ihr Sohn ist tabu."

Obwohl es nur eine leichte Berührung gewesen war, konnte Carol sie immer noch fühlen. *Keine Chance,* ermahnte sie sich, als sie einen Anflug von Begehren verspürte. Es war sicherer, zum Beruflichen zurückzukehren. „Ich habe mir Gedanken gemacht, zu welchen Bereichen im Amt Sie Zugang bekommen können."

„Ich hoffe, ich bekomme Zugang zu Ihnen."

Carol sah sie scharf an. Der Ton in Lorens Stimme war unmißverständlich. „Ich gehe doch recht in der Annahme, daß Sie es nicht auf eine Verführung anlegen. Das wäre sehr unprofessionell."

Loren lachte laut über diese Spitze. Sie hob ihr Glas und prostete Carol zu. „Sei's drum", sagte sie. „Sei's drum."

13

Am Donnerstagmorgen erwachte Carol noch früher als gewöhnlich, und ihr erster Gedanke galt Loren Reece. Sie ignorierte Sinker, der, auf ein Zeichen lauernd, daß sie wach war, auf dem Bett saß und gekrault werden wollte. Carol verschränkte die Hände hinter ihrem Kopf und ließ den vergangenen Abend Revue passieren. Als sie das Restaurant verließen, war es merklich kühler, doch statt ein Taxi zu nehmen, kehrten sie raschen Schrittes zum

Hotel zurück, wobei sie besprachen, wie Loren sich in die Alltagsroutine von Carols Abteilung einfädeln ließe.

Carol war sehr wohl bewußt, daß ihrem Gespräch etwas Unterschwelliges zugrunde lag, das nichts mit profanen Arrangements zu tun hatte. Während ihr Wagen vom Hotelparkplatz vorgefahren wurde, wartete Loren neben ihr, und als er eintraf, sagte sie: „Ich habe diesen Abend sehr genossen", legte ihre Wange rasch an Carols und ging in die Lobby, ohne sich umzudrehen.

„Ich habe nicht mal einen schwesterlichen Kuß verdient", bemerkte Carol zu Sinker, der sich mit seinem nicht unbeträchtlichen Gewicht auf ihrer Brust niedergelassen hatte und sie mit lautem Schnurren zum Kraulen animierte. Sie tat ihm den Gefallen und dachte mit einem Anflug von Unbehagen, wie sehr sie sich darauf freute, Loren heute wiederzusehen. Carol setzte sich auf, nachdem sie den laut protestierenden Sinker heruntergehoben hatte. Es war unklug, mehr als ein leichtes Flirten in Lorens Verhalten hineinzuinterpretieren. Und im übrigen, so versicherte Carol sich selbst, mehr als das kam für sie ohnehin nicht in Frage.

Das Telefon auf dem Nachtschränkchen schrillte. Carol starrte angewidert darauf, doch es hörte nicht auf. Es war Bourke. „Schon wieder einer", sagte er. „Offensichtlich liebt unser Typ diesen Kick, am frühen Morgen zu morden."

„Wer ist es?"

„Rad Danvers. Ein Schuß in den Kopf."

Bourke mußte ihr nichts erklären. Dr. Rad Danvers stand seit Jahren im Kreuzfeuer der Tierschutzverbände. Sein Unternehmen, Danvers & Partner, führte im Auftrag der verschiedensten Chemie- und Pharmakonzerne Tierversuche, vorwiegend an Primaten, durch.

Die kürzlich veröffentlichten Fotos, wie Schimpansen und andere Affen bei medizinischen Experimenten gequält wurden, hatten zu einem Aufschrei geführt, aber Danvers hatte jede Kritik abgetan und eine Presseerklärung verlesen: „Danvers & Partner sieht keine Möglichkeit, auf Tierversuche zu verzichten, sie auszusetzen oder einzuschränken. Primaten sind auch nur Tiere. Wer ihnen menschliches Denken und Fühlen andichten will, ist nicht nur falsch informiert, sondern stellt sich den dringend erforderlichen medizinischen Entwicklungen in den Weg."

Carol notierte sich die Adresse, duschte hastig und zog sich an. Sie füllte Sinkers Napf mit Trockenfutter und gab ihm frisches Wasser, dann eilte sie an Baumaterialien und Werkzeug vorbei zur Tür. Sie drehte sich noch einmal um und beäugte scheel das Chaos. Einen Augenblick lang fragte sie sich, ob ihr Haus jemals fertig würde. Vielleicht blieb es für immer in diesem halbfertigen Zustand. Sie hatte vorgehabt, heute morgen auf den Bauunternehmer zu warten und ein ernstes Wort mit ihm zu sprechen, aber jetzt mußte sie weg, noch bevor der erste Handwerker aufgetaucht war.

Bourke erwartete sie vor dem anonymen grauen Gebäude von Danvers & Partner in Ultimo, einem Vorort nicht weit vom Zentrum. Es gab kein Firmenschild, nur die Hausnummer. Alle Fenster waren vergittert, wer das Gebäude betreten wollte, mußte vor den doppelten Metalltüren warten, bis sie von innen geöffnet wurden.

„Und wie kommen die Angestellten hinein?" fragte Carol.

„Durch den Seiteneingang um die Ecke."

Sie sah sich das an und bemerkte das Flutlicht im Eingangsbereich, es war so hoch angebracht, daß man ohne

Leiter nicht herankam. Auch diese Tür war aus Metall und ließ sich nur mit Schlüssel plus Zahlenkombination öffnen.

„Drinnen ist etwas Irres passiert", sagte Bourke.

Das Gebäude wimmelte bereits von Leuten von der Spurensicherung. Carol folgte Bourke den Flur entlang zu einer offenen Tür am Ende. Der Gestank schlug ihr schon auf halbem Weg entgegen. Sie rümpfte die Nase, Bourke grinste. „Das sind die Tiere. Ein Käfig am anderen."

An der Tür trat er beiseite, damit sie einen richtigen Einblick bekam. Ohne Überschuhe und Gummihandschuhe konnte sie den direkten Tatort erst betreten, wenn die Spurensicherung fertig war. Der Raum hatte keine Fenster. Sie hörte das leise Summen der Klimaanlage. An zwei Wänden reihten sich große Gitterkäfige. An den anderen Wänden befanden sich Schränke mit Glastüren über den langen Werkbänken. Ein Mann in weißem Kittel lag mit dem Gesicht nach unten auf den mattbraunen Fliesen. Am kahlen Hinterkopf klebte Blut. Offensichtlich hatte er nicht versucht, seinen Sturz aufzufangen, denn seine Arme lagen schlaff neben dem Körper, die Handflächen zeigten nach oben. Die Schuhspitzen waren nach innen gedreht, und Carol konnte die außen abgetretenen Absätze sehen.

„Dr. Rad Danvers", erklärte Bourke. „Kopfschuß. Er war sofort tot."

„Du hast gesagt, etwas sei irre."

„Sieh dir die Käfige an, Carol. Alle Arten von Affen. Erschossen. Sie sind allesamt tot."

„Das ist eine Tragödie. Jahrelange Arbeit ist zerstört", sagte dumpf eine Stimme hinter ihnen.

Der Sprecher war ein schmalschultriger Mann mit scharfen Gesichtzügen und glattem braunen Haar, das an seinen Kopf geklatscht war. Er zupfte Carol mit schlanken weißen Fingern am Ärmel. „Sind Sie hier zuständig? Sie müssen unbedingt herausfinden, wer sowas Schreckliches getan hat."

„Ron Fyfield", stellte ihn Bourke vor. „Mr. Fyfield ist Dr. Danvers Assistent."

„All diese Tiere zu töten!" Fyfield packte Carols Arm. „Haben Sie eine Ahnung, wieviel lebenswichtige Forschung hier den Bach runtergegangen ist?"

Carol bezwang den Impuls, seine Hand abzuschütteln und ihn anzufauchen. „Können wir irgendwohin gehen und reden?"

Fyfield fuchtelte in Richtung des Eingangs. „In mein Büro?"

„Gut. Gehen Sie voraus."

Fyfield drehte sich um und eilte den Korridor hinunter, den Leuten von der Spurensicherung ausweichend. Erstaunt sah Carol, daß Loren Reece, in Jeans und blauem Pullover, mit selbstbewußtem Schritt auf sie zukam. Als sie Carol erreichte, sagte die Journalistin, noch ehe Carol sie fragen konnte, was sie hier zu suchen hatte: „Ich habe das mit Kripochef Edgar geklärt, Carol. Er sagt, ich kann dabeisein, solange ich nicht im Weg bin."

Diesen Strauß würde Carol später mit ihm ausfechten. Sie nickte Loren kurz zu und folgte Fyfield, der bereits um die Ecke verschwand. Bourke und Loren waren ihr auf den Fersen. Sie konnte hören, wie Loren erklärte, sie sei sehr früh ins Präsidium gegangen, um ein paar Polaroidfotos zu machen, als sie hörte, daß Rad Danvers ermordet worden war und Carol den Fall bearbeitete.

Ron Fyfield hatte sich in seinem unordentlichen, mit Papierstapeln und Akten vollgestopften Büro hinter einem Edelstahlschreibtisch verschanzt. Ein Computerbildschirm und Tastatur nahmen fast den ganzen Schreibtisch ein, rechts und links davon Pappteller mit Resten von vermutlich chinesischem Essen und diverse Plastiktassen.

Er hielt den Telefonhörer in der einen Hand und blätterte mit der anderen in einer antiquierten Kartei. „Ich muß alle informieren", erklärte er. „Gott weiß, was jetzt geschehen wird." Auf sein hageres Gesicht trat plötzlich ein Lächeln. „Vielleicht kann uns die Autopsie der Tiere irgendwelche Aufschlüsse geben. Womöglich ist ja noch etwas zu retten."

Er blickte von Carol zu Loren und Bourke, als erwarte er ihre Zustimmung. Carol beugte sich hinüber, nahm ihm den Hörer aus der Hand und legte auf. „Ich weiß, daß Sie die Leute informieren müssen, Mr. Fyfield, aber es ist sehr wichtig, daß wir als erste alle relevanten Informationen von Ihnen bekommen."

„Da ist ja nichts zu erzählen. Ich kam heute früh, um einen Tierversuch zu starten, und fand Rad auf dem Boden liegen, und sämtliche Tiere waren getötet."

„Wann haben Sie Dr. Danvers das letzte Mal lebend gesehen?"

„Gestern abend. Er arbeitete länger und sagte, ich sollte nach Hause gehen. Ich ging wohl als letzter, gegen acht, glaube ich, also war Rad allein im Gebäude. Das war nicht ungewöhnlich – er hat immer gesagt, nach Mitternacht arbeite er am besten. In seinem Büro gibt es eine Schlafcouch, so daß er öfter hier schläft."

Ein verschlagenes Lächeln überzog sein Gesicht. „Ehrlich gesagt, ich hatte das Gefühl, als ob Rad jemanden erwartet. Er hat mich praktisch rausgeworfen."

„Haben Sie eine Vorstellung, wer die Person gewesen sein könnte?"

Fyfield wieherte kurz. „Keine Ahnung, aber eine, die nicht zimperlich ist, schätze ich. Alle hier wußten, daß Rad von Zeit zu Zeit Frauen herbrachte. Er lebt mit seiner Mutter zusammen, und die hat ihn zu Hause eingeengt."

Carol sah, daß Loren auf ihrem Plastikstuhl herangerückt war und einen Notizblock auf den Knien hatte. Loren bemerkte ihren Blick und lächelte kaum merklich. Carol blickte fort.

Jetzt sagte Bourke: „Bitte, schildern Sie uns, was heute morgen geschah."

Fyfield starrte zur Decke, als käme von dort die Erleuchtung, dann begann er: „Also, ich bin hergekommen. Um Punkt halb sechs war ich hier. Ich arbeite gern in der Frühe, bevor die Mitarbeiter eintreffen und das Telefon klingelt. Das ist zum Arbeiten die beste Zeit. Ich gab an der Seitentür den Code ein – er ändert sich jede Woche –, kam hierher in mein Büro, verstaute meine Sachen und ging dann direkt zum Labor vier, wo ich die getöteten Schimpansen fand."

Fyfield schürzte die Lippen, offensichtlich schockiert. „Was für ein Mensch kann mutwillig eine solche Zerstörung anrichten? Diese Versuche waren unersätzlich. Unersätzlich!"

„Auch Dr. Danvers wurde getötet", erinnerte Bourke.

„Das ist natürlich eine Katastrophe", bemerkte Fyfield nüchtern. „Aber die Arbeit kann auch ohne ihn weitergehen."

„Könnte der Mord etwas mit den aktuellen Forschungsprojekten der Firma zu tun haben?" wollte Carol wissen.

Fyfield zog den Kopf ein, als verkrieche er sich in einem unsichtbaren Schneckenhaus. „Mir ist nicht erlaubt, über die Projekte unserer Klientel zu sprechen."

In Anbetracht der Tatsache, daß dieser Mann über die Ermordung der Tiere sehr viel betroffener war als über die seines Chefs, fragte Carol: „Wie war Ihre Arbeitsbeziehung zu Dr. Danvers?“

„Arbeitsbeziehung?“ Fyfield sah sie mißtrauisch an. „Ausgezeichnet, natürlich.“

„Rad Danvers stand oft im Licht der Öffentlichkeit.“

Fyfields Lächeln geriet etwas dünn. „Falls Sie wissen wollen, ob ich ihn darum beneidet habe, im Mittelpunkt zu stehen? Nicht im geringsten. Er mußte sich mit all diesen Demonstranten und Protestgruppen herumschlagen. Gott, diese Mitleidstour steht mir bis hier.“ Er fuhr sich mit dem Finger über die Kehle. „All diese blutenden Herzen, die würden doch als erste nach einem neuen Medikament schreien, ob es an einem Schimpansen erprobt wurde oder nicht, aber in der Zwischenzeit jaulen sie uns die Ohren voll und machen uns mit ihren blöden Demonstrationen das Leben schwer.“

In der Stille, die dieser Bemerkung folgte, hörte Carol, wie Loren eine Seite ihres Blocks umblätterte.

„Wurden Sie oder Dr. Danvers in letzter Zeit besonders bedroht?“

Er zuckte die schmalen Schultern. „Nicht mehr als sonst.“

Ein uniformierter Polizist erschien in der Tür und machte Bourke ein Zeichen. Nach einer kurzen Unterredung kam Bourke wieder ins Zimmer und sagte: „Einige dieser blutenden Herzen demonstrieren gerade draußen vor der Tür.“

„Ist die Presse schon da?“ fragte Carol.

„Ja. Der Verkehr kommt bereits zum Erliegen.“ Jetzt wandte sich Mark an Fyfield. „Sagt Ihnen der Name *Gaias Rache* etwas?“

Er schüttelte nachdrücklich den Kopf. „Ich vergeude nicht meine Zeit damit, mir die albernen Namen zu merken, die sie sich geben."

„Wie steht's mit Gerald Fitch oder Bonnie d'Arlene?"

Er runzelte die bleiche Stirn. „Der letzte. Wie war der noch mal?" Dann nickte er nachdenklich. „Ja, ich kenne sie. Eine Yankie. Sie war letzte Woche hier und hat mit Rad gesprochen. Aber fragen Sie mich nicht, worum es ging, ich habe nämlich keine Ahnung."

Carol überließ Bourke die weitere Befragung und winkte Loren, ihr nach draußen zu folgen. „Ich kann nicht zulassen, daß Sie dabei sind, wenn ich Zeugen befrage."

„Ich höre doch gar nicht hin. Ich bin hier, um zu recherchieren, wie Sie arbeiten und wie Sie mit Menschen umgehen."

Carol seufzte gereizt. „Sie haben sich Notizen gemacht."

„Die haben nichts mit dem zu tun, was Fyfield gesagt hat. Ich habe notiert, wie Sie aussehen, wie Sie sprechen. Ich möchte, daß die Leserinnen und Leser Sie als wirkliche Person sehen, nicht nur als Polizistin."

„Ich halte das für keine gute Idee."

Jetzt schien Loren die Geduld zu verlieren. „Ich tue bloß meinen Job. Ihre Vorgesetzten haben gesagt: Gut, in Ordnung, machen Sie nur. Warum können Sie das nicht?"

„Weil Sie meine Ermittlungen stören."

„Das tue ich nicht, und Sie wissen es."

Bourke steckte den Kopf durch die Tür. „Fyfield hat mir soeben berichtet, daß Bonnie d'Arlene und Rad Danvers ziemlich dicke Freunde waren. Findest du das nicht bemerkenswert?"

„Ich habe Anne beauftragt, diese Frau ausfindig zu machen. Sobald sie sie aufgespürt hat, können wir sie fragen, wieso sie mit einem Erzfeind von *Gaia* auf so gutem Fuß steht."

Carol ließ Bourke am Tatort zurück und beschloß, ins Präsidium zu fahren. „Dackeln Sie mir etwa überallhin nach?" fuhr sie Loren an, die an ihren Fersen klebte.

„Überallhin", erklärte die Journalistin ungerührt.

Draußen war es grau in grau. Es hatte zu regnen begonnen, ein kalter heftiger Regen, den ihnen ein steifer Wind ins Gesicht trieb. Die Witterung hatte die Demonstranten vor dem Haus vertrieben, nur ein paar Hartgesottene hielten ihre Transparente mit der Forderung nach Tierrechten in die Höhe. Eine Jugendliche schwenkte ein Plakat, auf dem stand: QUÄLT DIE TIERQUÄLER!

Fernsehteams in triefenden gelben Regenmänteln filmten die Demonstranten, während sie warteten, ob nicht noch etwas Spannenderes passierte. Kaum trat Carol aus dem Haupteingang, richteten sich die Kameras auf sie. Loren spannte einen Schirm auf, aber Carol ignorierte den Regen und eilte zu ihrem Auto, während sie das magere Häuflein nach einem bekannten Gesicht absuchte. Sofort stach ihr Gerald Fitch in die Augen, der ihr fröhlich zuwinkte. Ein Reporter hielt ihr das Mikro hin, und Carol murmelte: „Kein Kommentar zu diesem Zeitpunkt." Dann flüchtete sie sich in ihren Wagen.

Der Regen trommelte aufs Dach und strömte über die Windschutzscheibe. Loren war verschwunden.

Anne Newsome lief Carol über den Weg, als sie aus dem Waschraum kam, wo sie sich das Haar getrocknet hatte. „Sie werden nicht glauben, wer auf Sie wartet!"

Carol, in ihren klammen Sachen, entgegnete unwirsch: „Interessiert mich nicht, es sei denn, jemand will mir mitteilen, ich hätte im Lotto gewonnen."

„Kein Lotto", sagte Anne. „Aber ich sollte doch Bonnie d'Arlene auftreiben, nicht wahr? Sie ist von sich aus gekommen, noch ehe ich sie aufspüren konnte. Sie sitzt im Moment in Ihrem Büro."

„Sie ist einfach hereingeschneit?"

„Sie kam in die Anmeldung und erklärte, sie müsse unbedingt Kommissarin Ashton sprechen." Anne verzog ironisch das Gesicht. „Ich wollte ihr ein paar Fragen stellen, aber sie wollte lieber auf Sie warten."

„Ich möchte Sie bei dem Gespräch dabeihaben, Anne. Es wird bestimmt interessant."

Die Frau, die sich erhob, um Carol zu begrüßen, sah besser aus, als die Verbrecherfotos ahnen ließen, was kaum verwunderte. Ihr langes braunes Haar war zu einem Zopf geflochten, den sie über die linke Schulter drapiert hatte. Auf ihrem Gesicht mit der Hakennase, das auf den Bildern bei ihrer Verhaftung so finster dreingeblickt hatte, lag ein gewinnendes Lächeln. „Kommissarin Ashton, wie schön, Sie kennenzulernen."

Bonnie d'Arlene trug Hose und Stiefel, einen teuren Kaschmirpullover in Blaßrosa und kostbare Perlenohrringe.

„Nicht gerade der typische Ökofreak, stimmt's?" amüsierte sie sich über Carols Musterung. „Wahrscheinlich haben Sie eher Shorts und ein ungebügeltes Naturfaserhemd erwartet."

Carol grinste. „Ich hasse es, wenn meine Vorstellungen erschüttert werden", antwortete sie. Die Frau war ihr auf Anhieb sympathisch. Deshalb war sie auf der Hut und schlug einen kühlen offiziellen Ton an. „Daß Sie zu uns gekommen sind, erleichtert uns die Sache sehr, Ms. d'Arlene, weil wir Ihnen zu den Aktivitäten Ihrer Organisation ein paar Fragen stellen wollten."

„Bitte, sagen Sie Bonnie zu mir, Kommissarin. So nennen mich alle. Was die Organisation anbelangt, es ist nicht meine. Sie gehört allen, die für unsere Kinder eine bessere Welt wollen." Sie ließ ein gurgelndes Lachen hören. „Genug der Propadanda, jetzt können wir Tacheles reden."

Carol warf Anne einen Blick zu, sie hatte ihr Notizbuch aufgeschlagen und wartete darauf, alles von Interesse aufzuschreiben. Carol begann: „Ich glaube, Sie waren letzte Woche im Haus von Danvers & Partner."

„Stimmt." Bonnie nickte. „Ich habe mit diesem Monster, Rad Danvers, gesprochen."

„Ein Monster, das vor wenigen Stunden ermordet wurde."

Bei Carols schnörkelloser Erklärung nickte Bonnie wieder. „Eine exzellente Lösung."

„Warum haben Sie mit ihm gesprochen?"

Bonnie d'Arlene machte ein betrübtes Gesicht. „Manchmal muß man sogar mit dem Teufel paktieren, Kommissarin. Ich war dort, um mit ihm über die Reduzierung der Tierversuche, die Danvers durchführte, zu sprechen. Ich habe ihm sämtliche Alternativen unterbreitet, die es mittlerweile gibt. Ich glaube, daß schlichte Trägheit und die Angst vor technologischen Fortschritten diese Leute an den alten Methoden festhalten lassen, und Danvers war ein Luddit von vorgestern. Höchstens noch von seinem Assistenten Fyfield übertroffen, sofern das überhaupt möglich ist. Ein gruseliger Mickerling, dem es an rettenden Einfällen gebricht."

„Somit sind Sie bei Dr. Danvers nicht weitergekommen?"

„Im Gegenteil, Kommissarin, er bekam große Augen, als ich ihm die Zahlen genannt habe. Tierversuche sind zu kostenintensiv, wenn es auch anders geht. Er mag ja ein prinzipienloser brutaler Kerl gewesen sein, aber man kann ihm nicht nachsagen, er sei ein Finanztrottel gewesen." Sie grinste über Carols unbewegte Miene. „Ob Sie's glauben oder nicht, ich leiste lieber Überzeugungsarbeit, wenn das möglich ist. Leider ist das selten der Fall, deshalb müssen wir uns direkterer Methoden bedienen."

„Würden Sie mir sagen, wo Sie sich gestern von acht Uhr abends bis heute morgen um halb sechs aufgehalten haben?"

„Da war ich im Haus von Gerald Fitch."

„Mr. Fitch hat gesagt, Sie reisten in der australischen Wildnis herum."

„Nehmen Sie Gerald die Lüge nicht übel, Kommissarin. Ich habe ihn gebeten, über meinen Aufenthalt möglichst wenig verlauten zu lassen." Und mit charmantem Lächeln fügte sie hinzu: „Offen gesagt, liebe ich nur dann das Licht der Medienöffentlichkeit, wenn ich sie manipulieren und für *Gaia* Werbung machen kann. Ich bin überzeugt, daß Sie mit Ihrer Medienerfahrung dafür Verständnis haben."

Versuch nicht, auch mich zu manipulieren, dachte Carol. Laut sagte sie: „Somit waren Sie die ganze Zeit mit Mr. Fitch zusammen?"

„Wir sind unser gegenseitiges Alibi", erklärte Bonnie sichtlich amüsiert. „Vielleicht wirkt das ja etwas verdächtig, aber ich versichere Ihnen, daß wir bis zum Frühstück zusammen waren, wo wir in den Nachrichten vom Tod Dr. Danvers hörten. Uns war klar, daß es dort von Fernsehkameras wimmeln würde, deshalb hat Gerald sofort eine Protestgruppe zusammengetrommelt und ist hingefahren. Ich habe erst mal in Ruhe gefrühstückt, und weil ich wußte, daß Sie mich ganz gewiß sprechen wollten, habe ich Ihnen die Mühe einer Fahndung erspart, indem ich zu Ihnen kam."

„Damit haben Sie uns einen Gefallen getan", antwortete Carol.

Bonnie d'Arlene lehnte sich auf ihrem Stuhl zurück. „Feuer einstellen, Kommissarin. Ich habe nichts zu verbergen."

Das hatten Leute, die bei der Vernehmung so etwas behaupteten, fast immer – nach Carols Erfahrung. „Woher wußten Sie, daß ich diesen Fall bearbeite?"

„Ach, Kommissarin", sagte Bonnie in tadelndem Ton, „es ist doch völlig klar, daß diese Morde nach einem Muster verlaufen. Daß Sie für die Ermittlungen zuständig sind, ist doch selbstverständlich."

14

„Was halten Sie von ihr, Anne?" fragte Carol, nachdem Bonnie d'Arlene von einem jungen Polizisten hinausgeführt worden war.

„Sie macht einen netten Eindruck, aber das heißt ja nicht viel." Anne blätterte in ihrem Notizbuch. „Wie kommt es, daß Bonnie – genauso wie Fitch – regelrecht darauf aus ist, den Verdacht auf sich zu lenken? Nur zum Zweck der Publicity?"

„Oder sie wollen von jemandem ablenken. Was ist eigentlich mit der Mitgliederliste, die Phoebe Yarmelle uns gegeben hat?"

„Miles überprüft die Namen, aber noch hat sich niemand als Serienmörder entpuppt", erklärte Anne und fügte grinsend hinzu: „Wenn Sie mich fragen, sind beide, Bonnie d'Arlene und Gerald Fitch, fanatisch genug, jemanden für das, woran sie glauben, umzubringen, deshalb tippe ich auf sie als Bonnie & Fitch MordGmbH."

Carol ließ sich die flapsige Bemerkung durch den Kopf gehen. „Auf den ersten Blick mag es bizarr erscheinen, doch die beiden sind total miteinander verbündet in ihrem gemeinsamen Ziel und, wenn wir glauben, was sie sagen, überzeugt, daß Mord eine ganz vernünftige Methode ist, die natürliche Welt zu schützen."

Anne nickte ernst. „Auch in meinem Tierschutzverein gibt es Mitglieder, die bereit sind, bis zum Äußersten zu gehen. Wenn Sie sehen, was für unvorstellbare Dinge Lebewesen im Namen der Wissenschaft angetan werden, oder schlimmer noch, um die Wirkung von kommerziellen Produkten zu testen, kommt es einem irgendwie vor, als sei Gewalt fast so etwas wie ausgleichende Gerechtigkeit."

„Ich möchte eine Überprüfung von d'Arlene wie von Fitch für die fraglichen Zeiten sämtlicher Morde."

„Auch dem an Edward Guthrie?"

Carol hatte Guthries Tod aufgrund aller Berichte eigentlich als Jagdunfall abgehakt, doch jetzt fragte sie sich, ob sie da nicht etwas voreilig gewesen war. „Auch Guthrie. Die Polizisten in den Blue Mountains haben bestätigt, daß Fitch in diesem Freizeitheim war, als Guthrie erschossen wurde, aber er könnte sich ungesehen abgesetzt haben. Und was Bonnie d'Arlene betrifft, sie ist erst kürzlich aus den Staaten eingereist. Fragen Sie in diesem Hotel in Bondi nach, das sie als vorläufige Adresse angegeben hatte."

Anne wollte aufstehen, doch Carol hielt sie zurück. „Wie ist es gestern bei Felicity Banning gelaufen?"

Anne verzog das Gesicht. „Sie hat ständig geweint. Ist beinahe hysterisch geworden."

Carol hatte das Bild dieser erschöpften Frau vor sich. Bannings Witwe schien wie paralysiert vor Schmerz. „Hysterisch? Wieso das?"

„Als Mark und ich sie fragten, wie es möglich war, daß sie die Schüsse nicht gehört hatte, da doch die Garage direkt unter der Küche liegt, gab sie zu, daß es beim Frühstück zu einer offenen Auseinandersetzung mit ihrem Mann gekommen war. Er sei türknallend hinuntergegangen und sie heulend noch oben gerannt, sagt sie, und mindestens eine halbe Stunde dort geblieben."

„Sie konnte die Schüsse nicht hören, weil sie weinte?" fragte Carol skeptisch.

„Scheint so."

„Und Phoebe Yarmelle?"

„Sie hat behauptet, den Namen nicht zu kennen, doch als Mark ihr vorlas, was Phoebe zu Protokoll gegeben hatte, ist Felicity Banning wieder zusammengebrochen." Anne schüttelte den Kopf. „Ich kam mir ziemlich gemein vor, sie mit Fragen zu traktieren, während sie weinte."

„Vielleicht hat sie es genau darauf angelegt."

Anne grinste. „Kann sein."

„Sie hat die Konfrontation mit Phoebe zugegeben?"

„Sie sagte schließlich, sie hätte unbedingt ihre Ehe retten wollen, deshalb wäre sie hingegangen, sie hätte die Geliebte ihres Mannes verschiedene Male gebeten, die Beziehung nicht weiterzuführen."

Carol konnte sich keine Situation vorstellen, die sie je soweit triebe, eine Rivalin zu beknien, mit der Frau, die sie liebte, Schluß zu machen.

„Hat Banning irgendwelche Schritte unternommen und die Scheidung eingeleitet?" fragte Carol.

„Sie sagte nein, aber Mark überprüft noch, ob das stimmt." Anne sprang auf, als könne sie es kaum erwarten, etwas Sinnvolles zu tun. „Das alles ist Zeitverschwendung, wenn Walter Bannings Tod ein Auftragsmord ist. Nachdem jetzt auch Danvers ermordet wurde, liegt es nicht auf der Hand, daß Banning von einem Außenstehenden abgeknallt worden ist?"

Carol grinste. „Einen Serienmörder als Umweltretter, das hätten Sie wohl gern?"

„Das wäre doch mal etwas anderes."

Carol sah, daß Loren mit Anne und Miles Li sprach, aber die Journalistin kam nicht in die Nähe von Carols Büro. Bourke berichtete ihr, sobald er vom Tatort in Ultimo zurückkam. „Der geschätzte Todeszeitpunkt liegt zwischen spätabends und frühmorgens. Die Tiere wurde zur gleichen Zeit umgebracht."

„Wurden sie alle erschossen?"

„Samt und sonders. Fyfield sagt, sie seien mit ansteckenden Krankheiten infiziert worden." Er zog die Mundwinkel herab. „Arme Dinger, bestimmt haben sie schrecklich gelitten, und jemand hat sie von ihrem Elend erlöst."

„Vielleicht haben wir Glück mit der Ballistik. In diesem Raum wurden ja eine Menge Kugeln abgefeuert."

„Du sagst es. Da hat jemand mindestens einmal nachladen müssen."

„Kein Anzeichen eines gewaltsamen Eindringens?" Noch ehe sie die Frage ausgesprochen hatte, wußte sie die Antwort.

„Keins, wenn es sich also nicht um eine Insidertat handelt, hat jemand dem Mörder die Tür geöffnet. Ich habe herumgefragt, aber niemand sonst hatte eine Ahnung, daß Danvers an diesem Abend weibliche Gesellschaft erwartete.“

„Falls das stimmt. Wir haben ja nur Fyfields Aussage. Hat er ein Motiv?“

„Aber Carol, praktisch jeder, der mit oder für Rad Danvers gearbeitet hat, hatte gute Gründe, ihm das Licht auszublasen. Ich schätze, er war nicht nur als Mensch unangenehm, sondern hat sich auch regelmäßig die Erfolge seiner Mitarbeiter unter den Nagel gerissen, ihre Leistungen herabgewürdigt und sich im allgemeinen aufgeführt wie ein absolutes Charakterschwein. Außerdem existiert das Gerücht, er habe Laborergebnisse manipuliert, um seinen Kunden die Ergebnisse zu präsentieren, die sie hören wollten.“

„Bonnie d'Arlene ist von sich aus hier aufgetaucht, weil sie sich dachte, daß ich sie befragen wollte“, sagte Carol mit ironischem Grinsen. „Ich habe mich für ihr Entgegenkommen bedankt. Sie hat mir freiwillig erzählt, daß sie wertvolle Zeit mit Danvers verbracht hat und ihn überzeugen konnte, Tierversuche in Zukunft zu reduzieren.“

Bourke sah sie skeptisch an. „Kaufst du ihr das ab?“

„Es ist zwar möglich, aber unwahrscheinlich. Danvers scheint mir nicht zu der Sorte zu gehören, die der Sprecherin eben jener Gruppe, die ihn in der Vergangenheit so böse attackiert hat, auch nur guten Tag sagen würde.“

„Fyfield sagt, daß Danvers und Bonnie d'Arlene eine ganze Zeitlang miteinander gesprochen hätten, ohne sich zu streiten“, sagte Bourke. „Vielleicht hat sie Danvers in falscher Sicherheit gewiegt, bevor sie ihn abgeknallt hat.“

„Könnte sein. Die Frau hat jedenfalls die Motivation und, wie ich glaube, den Nerv, so etwas durchzuziehen. Sie behauptet, vom gestrigen Abendessen bis zum Frühstück heute mit Fitch zusammengewesen zu sein.“

Als Bourke die Augenbrauen hochzog, fügte sie hinzu: „Keine falschen Hoffnungen, Mark, daß die beiden sexuell ein Paar sind, bezweifle ich. Sie wohnt bei ihm, während sie der *Gaia*-Sache nachgeht."

„Man weiß ja nie", entgegnete Bourke.

„Tja, wer weiß." Vielleicht war Carol etwas entgangen. Kolleginnen und Kollegen, die obendrein ein Paar waren, verband eine stärkere Loyalität, und sie würden wahrscheinlich füreinander lügen, ohne mit der Wimper zu zucken.

„Ich will Fitch sprechen", sagte Carol, „und zwar hier, nicht auf seinem Terrain."

Bourke stand auf. „Gut. Als ich abfuhr, demonstrierte er noch in Ultimo, aber die Fernsehteams packten bereits zusammen, also hat er sich inzwischen ins Trockene geflüchtet, entweder ins nächste Café oder in sein Büro. Ich werde Sam Goolwa losschicken."

Die nächste Stunde ging Carol ihre Post durch. Wie Phoebe Yarmelle angekündigt hatte, befand sich der anonyme Brief darunter. Gerade als sie ihn las, klopfte Miles Li an die Tür. Bourke folgte ihm.

„Die Mitgliederliste von *Gaia*, die Anne mir zum Überprüfen gegeben hat", sagte Li, „da ist ein Name darunter, der Sie interessieren dürfte."

„Wer?

„Phoebe Yarmelle."

Carol ließ den Brief sinken und war ganz Ohr. „Was ist mit ihr?"

„Hat sie nicht gesagt, sie hätte sich *Gaia* angeschlossen, um Banning einen Gefallen zu tun? Nun, sie ist früher schon Aktivistin gewesen, unter anderem Namen. Sie hat vor zwei Jahren amtlich eine Namensänderung beantragt, der Computer hat sie nur ausgespuckt, weil Geburtstag und -ort übereinstimmten. Ich hab' sie überprüft und ein beachtliches Vorstrafenregister entdeckt."

„Diese Umweltschützer fallen einfach so aus den Bäumen", bemerkte Bourke.

Li reichte Carol den Ausdruck. „Phoebe Watts hieß sie früher. Hat sich an Bäume gekettet, sich Holztransporten in den Weg gelegt, lauter solche Rettet-die-Bäume-Aktionen. Dann hat sie bei einer ziemlich spektakulären Sache mitgemacht, da hat eine Gruppe gegen die Zustände in Schlachthöfen demonstriert und literweise Blut auf die Treppe des Regierungsgebäudes gekippt, auch über ein paar Nutten, die da im Weg standen. Phoebe wurde verhaftet, bekam eine saftige Geldstrafe und wurde zu gemeinnütziger Arbeit verdonnert. Danach änderte sie ihren Namen und verschwand von der Bildfläche."

„Da drängt sich die Frage auf", sagte Bourke, „wieso eine Frau mit solcher Vergangenheit eine Affäre mit einem Umweltverschmutzer wie Walter Banning anfängt."

„Frag sie", erwiderte Carol, „und finde heraus, wo sie war, als Rad Danvers ermordet wurde."

„Wollen Sie mit mir Segeln gehen?"

Carol sah von dem Bericht auf, den sie las. „Segeln?"

Loren grinste. „Was sehen Sie mich so an? Es ist ein absolut redliches Angebot. Ein befreundeter Journalist, also ein Kollege leiht mir seine kleine Yacht für das kommende Wochenende. Nun, wie steht's?"

Auf ihren überquellenden Schreibtisch deutend, antwortete Carol: „Vielen Dank für die Einladung, aber ich muß das hier wegschaffen. Ich habe keine Zeit."

„Freilich haben Sie. Nur ein paar Stunden am Samstagnachmittag. Ich lasse Sie anschließend sogar wieder in Ihr Büro gehen, wenn Sie darauf bestehen."

Das klang verlockend. Carol liebte das Wasser. Und sie mußte sich eingestehen, daß das Zusammensein mit Loren sie ebenfalls reizte. „Sind Sie eine gute Seglerin?" fragte sie.

„Gut? Ich bin Expertin. Ich bin in San Diego, Kalifornien, aufgewachsen und konnte segeln, bevor ich laufen konnte." Sie spreizte die Finger. „Also?"

„Na gut, aber nur ein paar Stunden." Carol merkte, daß sie kapituliert hatte, ohne sich groß zu zieren.

„Abgemacht", sagte Loren. „Und wie steht's mit Essen heute abend?"

Das schlug Carol entschieden ab. Sie wollte alles mit heimnehmen, was die Überprüfung der Mitglieder von *Gaias Rache* ergeben hatte, sowie das vorläufige Ergebnis der Obduktion von Danvers, die vorzuziehen sie den Pathologen gedrängt hatte. „Tut mir leid, Loren. Ein andermal?"

„Dann eben Sonntagabend, und geben Sie mir ja keinen Korb." Geschmeidig glitt Loren auf den Stuhl vor Carols Schreibtisch. „Ich hoffe, Sie haben bemerkt, daß ich Ihnen nicht im Weg gewesen bin", sagte sie tugendhaft. Sie stützte den Ellbogen auf einen Stapel Papiere und ihr Kinn auf die Hand. „Deshalb könnten Sie mich jetzt zumindest ins Bild setzen."

„Wieso brauchen Sie Einzelheiten? Ich dachte, es sei ein Artikel über mich", sagte Carol salopp.

„Er ist über Sie, aber nicht in einem statischen Sinn." Sie lachte und erklärte: „Ich porträtiere Sie in Aktion, wie Sie Ihre Beute jagen wie ein abgerichteter Jagdhund." Das Lächeln auf ihrem Gesicht erstarb, als sie fortfuhr: „Im Ernst, Carol, diese Morde sind Teile eines Musters, nicht wahr? Ich finde es faszinierend zuzusehen, welches Bild Ihre Ermittlungen ergeben. Ich bin überzeugt, daß die

Geschichte, die ich hier schreibe, pulitzerpreisverdächtig ist."

„Meines Erachtens können Sie die nötigen Hintergrundinformationen auch von anderen bekommen", sagte Carol. „Haben Sie zum Beispiel schon mit Anne Newsome gesprochen?"

„Sie bewundert Sie sehr."

„Ach, ersparen Sie mir das! Süßholzraspeln nützt bei mir gar nichts", erklärte Carol und begann, die Unterlagen in ihre Aktentasche zu packen.

„Damit bin ich wohl entlassen", entgegnete Loren und sah nicht so aus, als fühlte sie sich vor den Kopf gestoßen. Carol beobachtete, wie sie aufstand, um hinauszugehen. An der Tür grinste sie über ihre Schulter zurück, dann war sie verschwunden.

Wie irritierend, dachte Carol, daß Lorens Gegenwart so etwas Betörendes hatte. Es wäre so leicht gewesen, zu dem Essen heute abend ja zu sagen. Allzu leicht.

Als Carol nach Hause kam, fand sie einen Briefumschlag vom Bauunternehmer mit einer Abrechnung über die fällige nächste Rate vor. „Da kannst du lange warten", sagte sie laut und sah sich in dem Rohbau um, der irgendwann ihr Wohnzimmer werden sollte. Morgen würde sie ihn zur Rede stellen, um einen endgültigen Fertigstellungstermin von ihm zu bekommen. Ständig schob er den Regen vor, der den Bau verzögerte, was nur zum Teil stimmte, wie Carol wußte, deshalb wappnete sie sich für die Konfrontation.

Sinker folgte ihr in die Küche, die fast fertig aussah, obwohl alles von einer feinen Staubschicht überzogen war und die Fußbodenfliesen unter ihren Füßen knirschten. Sie fühlte sich einfach zu müde, sich darüber aufzuregen. Sie machte sich Rührei und Toast, räumte auf der Küchenbar einen Platz frei, zog einen Stuhl heran und schaltete Madelines Sendung im Fernseher ein.

In roter Schrift erschien der Titel *Der Shipley-Report* auf dem Bildschirm, dann folgte eine Nahaufnahme des Gesichts von Madeline. „Eine Mordserie aus Umweltmotiven!“ sagte sie. „Stehen diese mysteriösen Todesfälle auf schockierende Weise in Zusammenhang?“

Fitch kam ins Bild, der ein entsprechend ernstes Gesicht machte. Sam Goolwa hatte ihn am Spätnachmittag aufgetrieben und versprechen lassen, Freitag früh in Carols Büro zu kommen. Auf dem Bildschirm stellte Madeline ihn vor: „Gerald Fitch, der die Frage beantworten kann: Läuft ein Serienmörder in Sydney frei herum?“

Carol stöhnte in sich hinein. Den ganzen Nachmittag hatten Journalisten angerufen, auf der Heimfahrt hatte sie im Radio die Nachrichten gehört, in denen darüber spekuliert wurde, daß es einen Zusammenhang zwischen den Todesfällen von Banning, Cardover und Danvers gebe, was Carol nicht verwunderte. Nach diesem dramatischen Aufmacher von Madeline kämen sie um eine offizielle Presseerklärung nicht herum.

Der Shipley-Report war eine populäre Sendung von beachtlichem Nachrichtenwert, aber diesmal hatte Madeline auf sensationelle Behauptungen gesetzt, ohne sie durch Fakten zu untermauern. Immerhin durchkreuzte sie Fitchs Versuche, für *Gaias Rache* Propaganda zu machen, indem sie die Toten in den Mittelpunkt rückte und erklärte, das Motiv könne die Umweltzerstörung durch die Opfer gewesen sein.

Mit Interesse sah Carol, daß Madeline Edward Guthrie in diesen Kontext stellte, ebenso einige ausländische Namen von *Gaias* Webseite.

Als die Werbung eingeblendet wurde, klingelte das Telefon. Edgars Stimme dröhnte durch die Muschel: „Carol? Haben Sie das Programm von dieser Shipley gesehen? Ich habe die Presseabteilung beauftragt, morgen für Sie eine Pressekonferenz anzusetzen. Sehen Sie zu, daß Sie in Form sind. Und kommen Sie vorher zu mir. Wir wollen uns die Sache nicht aus der Hand nehmen lassen."

Zynisch lächelnd legte sie auf. Edgar hatte offensichtlich beschlossen, daß das Vergnügen, selbst im Mittelpunkt des öffentlichen Interesses zu stehen, es nicht wert war, sich zum Narren zu machen.

15

Freitagmorgen war es wunderschön; der Regen hatte aufgehört, keine Wolke zeigte sich am Himmel. Carol lief durch das frischgewaschene, vor Feuchtigkeit duftende Buschland, neben sich eine übermütige Olga, die sie gestern morgen offensichtlich vermißt hatte.

Als Carol heimkam, erwartete sie der Bauunternehmer. „Gute Nachrichten", erklärte er. „Ich habe ein paar meiner Leute von einer anderen Baustelle abgezogen, damit wir die Sache hier flott durchziehen können. Ich wette, das wird Sie freuen, Carol."

„Was heißt flott durchziehen?" fragte Carol, die Kev, wie sie ihn nennen sollte, immer mehr mißtraute.

„Vier Wochen, höchstens", erklärte Kev, „vorausgesetzt, daß es nicht wieder so schüttet."

„Ich sehe, Sie haben die nächste Rate in Rechnung gestellt", sagte Carol; sie vermutete, daß er die Schau mit der Fertigstellung abzog, damit er nur ja an diese beträchtliche Summe kam.

Er grinste sie an. „Wollen Sie's jetzt gleich regeln?"

„Ich überweise es."

„Ihre Katze terrorisiert uns ganz schön", bemerkte Kev, der Sinker über das gerade angelieferte Bauholz stolzieren sah, und berichtete feixend: „Gestern hätte sie beinahe den Schwanz in die Kreissäge gekriegt. Um ein Haar, das kann ich Ihnen sagen."

„Wenn Sie meiner Katze was tun", erklärte Carol ebenfalls grinsend, „kriegen Sie keinen Cent mehr von mir."

Als sie ins Büro kam, war sie noch immer bestens gelaunt. Daß ihr Haus bald fertig und wieder bewohnbar würde, freute sie ungemein. Das nächste Mal – falls es je ein nächstes Mal gäbe –, so schwor sie sich, würde sie während des Umbaus ausziehen, egal was das kostete. Aufgekratzt begrüßte sie Bourke: „Wie geht's Carli?"

Für gewöhnlich konnte sie sich darauf verlassen, daß er ihr haarklein die jüngsten Fortschritte seiner Tochter schilderte, doch heute morgen antwortete er bloß: „Gut."

„Ärgert dich irgendwas?"

„Es wird dich auch ärgern. Phoebe Yarmelle, oder Watts, wenn du willst, ist abgetaucht. Nirgends eine Spur von ihr. Als ich sie gestern nicht erreicht habe, dachte ich, sie sei ausgegangen, aber als ich heute früh zu ihrer Wohnung kam, habe ich mit dem Nachbarn gesprochen. Phoebe hat gestern abend bei ihm geklingelt, mit dem Koffer in der Hand, und gesagt, daß sie ein paar Wochen verreisen würde. Wohin hat sie nicht gesagt, nur den Schlüssel abgegeben und ihn gebeten, ihre Pflanzen zu gießen und den Briefkasten zu leeren."

„Ist sie mit ihrem Wagen gefahren?"

Bourke schüttelte den Kopf. „Leider nein. Ihr Wagen parkt in der Tiefgarage. Der Nachbar hat nicht gesehen, wer sie abgeholt hat. Ich habe Anne gebeten, die Taxiunternehmen zu befragen, doch ich glaube, Phoebe hat sich per pedes davongemacht und wird sich schwer auftreiben lassen."

„Informiere die Bundespolizei. Ich will nicht, daß sie außer Landes fliegt."

„Das habe ich schon", sagte Bourke. „Aber auch wenn wir sie aufspüren, haben wir keinen Grund, sie zu verhaften, oder?"

„Noch nicht", antwortete Carol. „Haben wir ein Foto von ihr?"

„Nur eins vom Erkennungsdienst, das noch von ihrer letzten Verhaftung stammt. Darauf ist sie ganz gut zu erkennen."

„Laß es verteilen." Und einem plötzlichen Einfall folgend, fügte sie hinzu: „Und überprüfe Bonnie & Fitch, wie Anne sagt. Vielleicht ist Phoebe mehr mit ihnen befreundet, als sie zugibt."

Kripochef Edgar war ganz und gar nicht erbaut. „Sie haben sich diese Phoebe Yarmelle durch die Finger flutschen lassen?"

„Wir hatten keinen Grund, ihr etwas anderes vorzuwerfen, als daß sie uns ihre Vergangenheit als Aktivistin vorenthalten hat", erklärte Carol sauer über diese Kritik.

Edgar grunzte unzufrieden. „Was, wenn sie die Serienmörderin wäre, um die Madeline Shipley so einen Wirbel gemacht hat? Was, wenn die Yarmelle Ihnen nur etwas vorgemacht hat und Sie drauf reingefallen sind?"

Carol verspürte einen Anflug von Irritation. Sie ließ es sich nicht anmerken und erwiderte ungerührt: „Erstens gibt es keinen Beweis, daß ein Serienmörder am Werk ist.

Zweitens ist ihre einzige Verbindung zu dem Fall ihre Beziehung zu Walter Banning. Außerdem haben wir einen Rechtsanwalt aufgetan, den Banning beauftragte, die Scheidung einzuleiten. Meines Erachtens hatte Phoebe mehr davon, wenn Banning am Leben geblieben wäre."

Als sie das sagte, fragte sich Carol, ob sie das wirklich selbst glaubte. Phoebe hatte sie, und Bourke, an der Nase herumgeführt – und womöglich auch Walter und Felicity Banning. Edgar hatte recht. Es konnte durchaus sein, daß sie ihnen etwas vorgemacht hatte.

Bei der Pressekonferenz herrschte großer Andrang. In dieser nachrichtenarmen Woche war der Gedanke an einen Serienmörder, der es auf hochrangige Persönlichkeiten abgesehen hatte, für die gesamte Medienwelt das gefundene Fressen. Carol bemerkte Loren außen auf der einen Seite, auch sie hatte einen Fotografen mitgebracht, und Carol dachte sarkastisch, welch ein Glück, daß sie sich so sorgfältig zurechtgemacht hatte, käme ihr Bild doch mit Sicherheit in den Nachrichten.

Die Fragen ähnelten einem Trommelfeuer. Unter einem derartigen Druck hatte sie sich schon immer etwas lebendiger gefühlt als sonst. Es war wie ein riskantes Spiel, bei dem sie unter Beschuß stand, sich aber dank ihrer Sachkenntnis behaupten konnte. Und ihr war auch dabei bewußt, daß sie die Pflicht hatte, die Fakten auf faire Weise zu präsentieren, ohne die Ermittlungen offenzulegen.

Edgar saß mit verschränkten Armen hinter den Presseleuten. Nach zwanzig Minuten begab er sich nach vorn ins Scheinwerferlicht. „Mehr können wir Ihnen zu diesem Zeitpunkt nicht sagen", erklärte er. „Sobald es etwas Neues gibt, werden wir Sie informieren."

„Spitzenmäßig", sagte Loren, als Carol sich von dem langen Tisch erhob. „Kann Stan noch ein paar Fotos für den Artikel machen?"

Carol machte gute Miene dazu, lächelte aufs Stichwort, blickte nachdenklich in die Kamera und starrte gedankenvoll auf ein Blatt, das Loren ihr in die Hand drückte. „Sind Sie sicher, daß ich nicht durch eine Lupe gucken soll?"

„Eine hübsche Idee." Loren grinste. „Aber vielleicht ein bißchen antiquiert. Wie wär's, wenn Sie sich an den Computer setzen? Das wäre wohl etwas passender."

Gerald Fitch erschien um halb zwölf, sehr viel später als versprochen. Sein Auftritt im Fernsehen schien seinem Dünkel Auftrieb gegeben zu haben. „Haben Sie mich gestern im *Shipley Report* gesehen?" fragte er Carol, kaum daß er Platz genommen hatte. Er trug den gleichen verknautschten blauen Anzug wie bei ihrer ersten Begegnung. Selbst das verknitterte Hemd und der nachlässig gebundene Schlips schienen die gleichen zu sein.

„Ich habe Sie gesehen, und ich wüßte gern, woher haben Sie die Information über eine internationale Kampagne zur Beseitigung von Leuten, die zu Feinden der Erde erklärt werden."

„Reine Vermutung, Kommissarin. Hätte ich dafür einen handfesten Beweis, wäre ich selbstredend sofort zu Ihnen gekommen."

„Selbstredend!" sagte Carol. „Wann haben Sie Poebe Yarmelle das letzte Mal gesehen?"

„Als wir sie aus der Organisation geworfen haben. Wieso?"

„Sie wußten nicht, daß ihr eigentlicher Name Phoebe Watts war?"

„Ich hatte keine Ahnung, daß sie mal anders geheißen hat“, antwortete er allzu schnell.

„Merkwürdig, daß Sie das sagen“, erklärte Carol und zückte das Vorstrafenregister von Fitch, das Bourke ihr heute morgen vorgelegt hatte. „Hier steht, Sie wurden vor zwei Jahren bei einer Aktion festgenommen, bei der Blut auf die Treppe des Regierungsgebäudes in der Macquarie Street gekübelt wurde.“

Er nickte leutselig. „Die Demonstration war ein voller Erfolg, soweit ich mich erinnere.“

„Phoebe Watts, wie sie damals hieß, wurde bei dieser Demonstration ebenfalls verhaftet.“

„Sind Sie sicher? Ich erinnere mich nicht daran“, sagte er ausdruckslos.

Carol zeigte ihm Phoebes Polizeifoto. „Erkennen Sie sie?“

„Ja, das ist Phoebe Yarmelle.“ Er zuckte die Achseln. „Bei der Demo damals waren viele Leute auf der Treppe.“

Carol lehnte sich zurück und fixierte ihn. Fitch starrte halb grinsend zurück. Sie wußten beide, daß er log, dachte Carol. Die Frage war nur, warum.

„Ms. Yarmelle ist verschwunden“, sagte sie. „Wissen Sie irgend etwas darüber?“

Wieder zuckte er die Achseln. „Keine Ahnung.“ Dann fügte er feixend hinzu: „Ich verstecke sie nicht bei mir zu Hause, falls Sie das denken.“

Carol befragte ihn noch eine Viertelstunde, ohne eine nützliche Information aus ihm herauszuholen. Nachdem er gegangen war, saß sie da und malte grübelnd auf ihrem Block herum, während sie alle möglichen Szenarien durchspielte.

Schließlich mußte sie zugeben, daß sie es höchstwahrscheinlich mit einem Serienmörder zu tun hatten. Die

Kugeln, die bei Danvers und den Schimpansen obduziert worden waren, entsprachen vom Gewicht her den Zweiundzwanzigern, die aus Bannings Kopf geholt worden waren, und der modus operandi war in beiden Fällen identisch: Der Täter hatte beide Opfer auf effiziente Weise durch Kopfschuß erledigt, den Tatort betreten und verlassen, ohne daß es Zeugen gab.

Trotzdem war Cardovers Tod für Carol noch mal etwas anderes, so daß sie ihn fürs erste in eine andere Kategorie stufte, da noch immer die Möglichkeit bestand, daß er von einer nahestehenden Person, und sein Sohn kam da durchaus in Frage, aus dem Weg geräumt worden war.

Bourke hatte sich Schwester Slade noch einmal vorgeknöpft und war fest überzeugt, daß Marilyn Slade diesmal keine Sterbehilfe geleistet hatte, denn Cardover befand sich ja offensichtlich auf dem Weg der Besserung, im Gegensatz zu ihren Komapatienten in Melbourne.

Auch hinsichtlich der Erschießung Edward Guthries war sie sich noch unschlüssig, obwohl Carols Intuition ihr sagte, daß er ebenfalls vorsätzlich abgeknallt worden war.

Sie schrieb den Namen Fitch auf ihren Block und versah ihn mit einem Kringel. Sie konnte ihn sich sehr wohl in der Rolle des Vollstreckers vorstellen. Sie konnte sich vorstellen, wie sein freundliches Gesicht hart wurde, wenn er in tödlicher Entschlossenheit Rache übte. Er war nicht der Mann, der nach außen bedrohlich wirkte – ein gewisser Vorteil, um an die Opfer heranzukommen. Und Fitchs Engagement in Sachen Umwelt stand außer Frage. Er widmete sein Leben buchstäblich der aktiven Verfolgung von Personen und Unternehmen, die das Ökosystem der Erde bedrohten.

Fitch hatte die Gelegenheit, das Motiv, aber wo war die Waffe? Sie könnte sein Haus und das Büro von *Gaia* durchsuchen lassen, aber nach Carols Überzeugung würde nichts dabei herauskommen. Die Waffe wäre inzwischen beseitigt worden, und selbst wenn sie sie fänden, bestand nur geringe Wahrscheinlichkeit, daß sie damit einen Täter überführen würden.

Bonnie d'Arlene kam als Verdächtige sogar noch eher in Frage. Carol konnte sich ohne Schwierigkeiten Bonnie mit der Waffe in der Hand, die Augen vor gerechtem Haß zusammengekniffen, vorstellen. Sie war eingereist, noch bevor Guthrie erschossen wurde, und sämtliche Alibis für die Mordzeiten waren fragwürdig. Sie hatte Rad Danvers vor dem Mord getroffen und sich offenbar gut mit ihm verstanden, deshalb war es nicht weithergeholt, daß er selbst sie nach Feierabend eingelassen hatte.

Und dann war da noch Phoebe Yarmelle. Carol brütete über dem Foto auf ihrem Schreibtisch. Vor zwei Jahren war ihr Haar kürzer, ihr Gesicht etwas schmaler gewesen, doch die Intensität ihrer großen Augen, die Carol bei der Vernehmung am Mittwoch beeindruckt hatten, war die gleiche. Ohne ihre hohen Stöckel reichte sie Carol kaum bis zur Schulter. Gewiß würde kein Mann sie als bedrohlich empfinden. Carol dachte an Walter Banning, der zuvorkommend sein Fenster geöffnet hatte, so daß er ohne unangenehm splitterndes Glas erschossen werden konnte. Wäre Phoebe in der Garage aufgetaucht, hätte er sich gewundert, aber nicht um sein Leben gefürchtet.

Auch Dr. Danvers hätte eine wie Phoebe nicht für lebensgefährlich gehalten. Es war nicht schwer, sich eine Strategie auszumalen, wie Phoebe sich Zugang zum Gebäude und zum Labor verschaffte hatte, in dem Danvers und die gefangenen Tiere abgeknallt worden waren.

Auf ihrem Block verband sie die Namen mit Pfeilen: Gerald Fitch; Bonnie d'Arlene; Phoebe Yarmelle/Watts.

Sie zog einen doppelten Kreis um Phoebe. War sie des Rätsels Schlüssel?

Carol wurde das Gefühl nicht los, daß die drei zusammenarbeiteten, daß sie irgendwie eine Situation herstellten, in der jede/jeder einzelne von ihnen als verdächtig in Frage kam. Auch wenn das weithergeholt war, konnte Carol fast glauben, daß es stimmte.

Bourke fand sie in der engen Büroküche, wo sie skeptisch in ihren Becher starrte. „Es graust mich direkt vor dieser Brühe", sagte sie zu ihm, „sie sieht heute noch schrecklicher aus als sonst."

„Ich hab' hier etwas, wovor dich richtig graust", erklärte Bourke. „Dick Juno kommt in die Stadt, um irgendein Geschäft abzuschließen. Wenn es je eine Zielscheibe für einen bewaffneten Umweltaktivisten gegeben hat, dann ihn."

Juno war ein kanadischer Unternehmer, der mit seinen Minengesellschaften in verschiedenen Gegenden der Erde beispiellose Umweltzerstörung betrieb, am schrecklichsten im Regenwald des Amazonas. Als Folge waren einige seltene Tierarten beinahe ausgerottet. Die Zerstörung, die seine Fördermethoden anrichteten, scherte ihn überhaupt nicht, und er zögerte nicht, gerichtlich gegen Demonstranten vorzugehen. Es ging das Gerücht, er hätte Lokalpolitiker bestochen und hielte sich eine eigene Söldnertruppe, um in entlegenen Gebieten seinen Willen durchzusetzen.

„Er muß gewarnt werden."

Bourke verzog den Mund. „Leider muß er das wohl."

16

Als Carol am Samstagmorgen erwachte, staunte sie, wie sehr sie sich auf diesen Tag freute. Sie schnitt beim Zähneputzen eine Grimasse. Daß sie mit Loren Reece Segeln ging, verdiente kaum solche Vorfreude.

Vielleicht war ihr wegen David so leicht ums Herz. Gestern abend war sie bei ihrem Exmann und Eleanor zum Essen gewesen, es war das erstemal seit ihrer Scheidung vor vielen Jahren, daß sie zusammen gegessen hatten. Dabei hatten sie über Davids Vorladung beim Jugendgericht am kommenden Dienstag gesprochen.

Davids anfängliche Einstellung, daß das alles nicht fair sei und er keinerlei Strafe verdiente, hatte sich beträchtlich gewandelt. Es hatte ihm einen Dämpfer versetzt, er gab zu, ihm sei aufgegangen, wie dumm er gewesen war; er sehe ein, daß eine Bestrafung berechtigt war. Carol war froh, daß ihr Sohn den Ernst der Lage begriffen hatte und Justin ihn jetzt mehr unterstützte als mit ihm haderte.

„Wirst du dabeisein, Mum?“ hatte David gefragt. „Ich weiß, daß du an diesem Fall sitzt und viel zu tun hast.“

„Keine zehn Pferde könnten mich davon abbringen.“

David hatte sie später zum Wagen begleitet. Beim Abschied sagte er: „Dad hat gesagt, wenn ich so etwas nie wieder tue, wird es aus meinem Register getilgt, als ob es nie passiert wäre. Das stimmt doch, oder?“

„Das stimmt.“

David grinste ein wenig. „Ich garantiere, daß ich so etwas nie wieder tun werde. Ehrenwort.“

Carol lächelte; wie ernst er bei dem Versprechen geklungen hatte. Sie zweifelte nicht, daß ihr Sohn nach der Gerichtsverhandlung beträchtlich weniger geläutert wäre. Da er sich zum erstenmal etwas hatte zuschulden kommen lassen, käme er mit einer Verwarnung und einer Strafpredigt davon. Bald wäre sein Leben wieder normal. Justin hatte Himmel und Hölle in Bewegung gesetzt und David in einer anderen Privatschule untergebracht. Sie hatte nicht diesen sozialen Ruf wie die bisherige Schule, außerdem gab es Koedukation, was Justin nicht so recht war, im großen und ganzen aber war sie akzeptabel.

Sie zog Jeans und Tennisschuhe an, setzte sich mit ihrer Aktentasche auf die Terrasse und breitete den Inhalt auf dem massiven Holztisch aus. In der Luft lag ein warmer Hauch von Frühling, die Sonne lugte durch das Blattwerk der Eukalyptusbäume über ihr und tanzte auf den vor ihr liegenden Papieren. Dick Juno sollte am Wochenende mit dem Flugzeug eintreffen, der Polizeidirektor persönlich wollte den Unternehmer von der drohenden Gefahr unterrichten. Von früheren Aktionen wußte Carol, daß Juno für Drohungen seitens der Ökofreaks, wie er sie nannte, nichts als Verachtung übrig hatte.

Um halb zwölf packte sie alles ein. Sinker gab sie den guten Rat, die Elstern in Ruhe zu lassen, die ihr Nest in einem der überhängenden Bäume bauten, es bekäme einem schwarzweißen Kater nicht, sich mit einer schwarzweißen Elster anzulegen.

Die Yacht, die Loren sich geliehen hatte, lag bei der Spit Bridge, die Middle Harbour an der schmalsten Stelle überspannte und wenige Minuten von Carols Haus entfernt war. Loren begrüßte sie strahlend und umarmte sie. „Ich habe was Feines zu essen, zu trinken und jetzt auch noch eine Kommissarin für mich allein.“

Die Yacht war größer, als Carol erwartet hatte. Zur Not hätten sechs Leute darauf schlafen können, die Kombüse war hübsch und funktional, der Eßbereich ziemlich großzügig. Loren führte sie herum, anschließend sagte sie: „Dann mal los!“

Carol war eine gute Seglerin, doch Loren war ihr weit überlegen, wie sie zugeben mußte. Von dem Moment an, als Loren den Motor startete und die *Sea Song* aus dem Hafen steuerte, war klar, daß sie genau wußte, was sie tat. Sobald die Segel gesetzt waren und die stramme Brise die Yacht durch die sprühende Gischt trieb, übernahm Loren das Kommando. Carol beschied sich mit der Rolle der Crew und tat, was die Skipperin verlangte.

„Sie sind Captain Queeg“, lachte Carol und duckte sich unter dem Baum durch, als sie die Richtung wechselten. Es war ein herrlicher Tag zum Segeln. Der Wind war kühl, doch nicht kalt, und das Wasser flirrte unter einem wolkenlosen Himmel in der Sonne. Die riesige blaue Weite des Hafens von Sydney war mit Booten in allen Größen gespickt, von hochseetüchtigen Schönheiten bis zu kleinen Einhandseglern, die nur aus einem winzigen Rumpf mit Segel bestanden. „Wissen Sie, wo Sie hinfahren?“ rief Carol, als sie Middle Head umrundeten und sich dem Haupthafen näherten.

„Keine Sorge, ich habe die Karten studiert.“ Loren kreuzte gekonnt mit einem Gespür für genau den richtigen Moment. Sie tanzten auf dem Kielwasser der Katamaranfähre nach Manley, die mit beachtlichem Tempo durchs Wasser pflügte. „Ist das nicht toll?“ übertönte Loren das Stampfen der Fährenkessel.

Das war es wirklich. Carol konnte sich nicht erinnern, wann sie sich zuletzt so gelöst und gleichzeitig so aufgekratzt gefühlt hatte. Und Loren war eine sprühende Gesellschaft. Jetzt hielt sie ihr Gesicht in die Sonne, ihr schwarzes Haar flog im Wind; als phantastische Seglerin trieb sie die kleine Yacht bis an ihre Grenzen.

„Hunger?"

„Gewaltig", antwortete Carol.

Loren segelte zum Middle Harbour zurück. wo sie in einer kleinen Bucht ankerte, die zum Nationalpark Sydney Harbour gehörte. Es war wie ein Stück vom Paradies für sie ganz allein. Die Vegetation reichte bis ans Wasser, dahinter lag eine kleine Sandbucht, keine anderen Boote waren in ihrer Nähe. Ein paar Möwen tanzten auf den Wellen, andere stritten sich auf den herabgestürzten Felsbrocken, die die Arme der Bucht bildeten.

Carol folgte Loren vom Cockpit in die Kabine hinunter. Die Yacht schaukelte sachte, und Carol konnte das Wasser gegen den Rumpf klatschen hören. Loren sah sie fragend an. „Worauf haben Sie Appetit?"

„Auf Sie", hörte Carol sich sagen, überrumpelt von ihrem Begehren. Sie schmeckte das Salz auf Lorens Lippen und fühlte sich einen Moment hin und her gerissen, ehe sie sich ergab. Sie hatte ganz vergessen, wie es war, eine Neue zu küssen, eine, deren Mund ihr nicht vertraut war, den ihre Zunge noch nicht erforscht hatte. Sie merkte, daß sie mehr danach lechzte, sie zu entdecken, als sie fassen konnte, daß sie bereit war, jede Zurückhaltung aufzugeben.

„Wow", sagte Loren und zog den Kopf zurück.

„Nicht aufhören!"

Loren lachte übers ganze Gesicht. „Bis zum Äußersten? Bist du scharf drauf?"

Carol durchfuhr ein Beben, und jede kühle Distanzierung fiel von ihr ab. „Ich bin total scharf drauf", antwortete sie und erkannte kaum ihre heisere Stimme wieder.

Lauren lachte in ihren Armen. „Die Koje ist ganz schön eng."

„Je enger, je besser!"

Carol nahm nur noch am Rand wahr, wie die Yacht sachte an der Ankerkette riß und die Möwen in der Ferne kreischten. Die Intensität ihrer Gefühle überwältigte sie. Hatte sich nackte Haut je so unvorstellbar erotisch angefühlt? Hatte sie je die Leidenschaft so verzehrt, so entflammt und durchdrungen? „Beeil dich", sagte sie. „Ich glaube, ich kann nicht mehr warten."

Sie rissen sich beim Küssen die Kleidung vom Leib. Nun war nichts mehr zwischen ihnen, und ein aufregender Tanz des Fleisches begann.

„Davon habe ich geträumt", flüsterte Loren. „Und von viel, viel mehr." Ihre Lippen brannten, forderten, ihre Hände waren zielstrebig.

Carol zerschmolz, sie schwebte und zitterte vor Leidenschaft. „Machen wir's im Liegen, mein Käptn, oder nimmst du mich gleich hier?" Sie schnappte nach Luft und gurgelte vor Lachen.

„Gleich hier im Stehen", murmelte Loren an ihrem Hals. Carol gierte danach, sie zu spüren, sich auf ihren Rhythmus einzulassen. Sie versuchte, die Ekstase hinauszuzögern, doch das Verlangen war stärker. Der Orgasmus ließ sie völlig ausflippen, sie schrie, während ihr Körper bebte und zuckte. Es war die absolute Hingabe – ihres Körpers, ihres Selbst.

Dann liebten sie sich in der schmalen Koje, Carol fühlte sich sicher und verwegen zugleich. Lorens Haut war wie Seide, sie überließ sich ihr rückhaltlos und trieb Carol vor Begehren heiser zur Eile an. Höher, weiter, wilder. Für solche Momente akzeptierte Carol beinahe den Tod aus Leidenschaft. Daß ihr rasendes Herz bersten würde.

***

Halbangezogen saßen sie später im Cockpit und machten sich über den Lunchkorb her, den Loren mitgebracht hatte. Carol streckte sich vor Wohlbehagen. Sie fühlte sich albern und unbeschwert. „Im allgemeinen lasse ich mich bei einem ersten Rendezvous höchstens zu einem verstohlenen Kuß hinreißen“, erklärte sie. „Du hast mir total den Kopf verdreht.“

Loren stieß mit ihrem Plastikweinglas an. „Ich würde dich liebend gern noch weiter vom Pfad der Tugend abbringen.“

Eine plötzliche Welle versetzte ihnen klatschend eine Breitseite und drehte die Yacht am Anker. Die Temperatur war gefallen, am Himmel ballten sich dunkle Wolken zusammen. Carol roch schon den Regen in der Luft. „Wir müssen uns beeilen, ein Sturm zieht auf.“

Der Wind hatte sich gedreht und trieb sie bis in den Hafen. Hinter sich konnte Carol vor den dunklen Wolken die ersten Blitze zucken sehen, Donner rollte in der Ferne. „Gerade noch rechtzeitig“, rief sie Loren zu.

Sie takelten das Boot ab, warfen den Motor an und tuckerten zum Anleger. Als die ersten dicken Tropfen fielen, hatten sie klar Schiff gemacht und die Kabine abgeschlossen. Sie rannten los und flüchteten sich unter das nächste Dach, während der Regen niederprasselte. Sie warteten, daß er nachließ, und Carol betrachtete die Frau neben ihr. *Es braucht nur eine Berührung von dir,* dachte sie, *mich zu entflammen. Aber im Grunde weiß ich überhaupt nichts von dir.*

„Komm mit zu mir nach Hause“, sagte sie. „Ich bin zwar gerade mitten im Umbau, aber das Bad funktioniert bereits, so daß du duschen kannst.“

Sie war seltsam erleichtert, als Loren den Kopf schüttelte und erklärte, sie müsse ins Hotel, um den Fotografen zu treffen. „Wie wär's morgen mit Lunch? Ich habe in Bondi am Strand ein nettes italienisches Restaurant entdeckt."

Carol hatte die Absicht, am Sonntag ins Büro zu gehen, aber sie war bereit, ihre Pläne zu ändern, um Zeit für Loren zu haben. „Wie wär's mit frühem Abendessen?" Sie verabredeten sich für den nächsten Tag, und als der Regen nachließ, rannte jede zu ihrem Wagen.

Auf ihrer Heimfahrt wurde Carol bewußt, wie erleichtert sie war, daß Loren ihre Einladung abgelehnt hatte. In gewissem Sinn war Sybil noch immer im Haus gegenwärtig, der Geist einer Beziehung, die soviel bedeutet hatte. Carol parkte den Wagen auf ihrem Stellplatz und drehte den Zündschlüssel. Sie starrte auf den herabströmenden Regen auf ihrer Windschutzscheibe, während sie an Sybil dachte. Dann stieg sie aus und knallte die Tür hinter sich fester zu, als sie wollte. Sie war über Sybil hinweg. Und Sybil war definitiv über sie hinweg.

Sinker begrüßte sie an der Haustür, sie nahm ihn hoch und sagte: „Du liebst mich jedenfalls, stimmt's?" Er gab ein Purren von sich, das sie als Zustimmung interpretierte. Sie setzte ihn auf den Boden, und sie gingen zusammen den Flur hinunter.

Carol fühlte noch immer Lorens Berührung auf ihrer Haut. Sie konnte es kaum erwarten, sie wiederzusehen. War dies der Anfang von etwas? Oder nur eine nette Spielerei? Ein Mittel gegen die Einsamkeit?

17

Ein Anruf vom Polizeipräsidenten informierte Carol, daß sie sich am Sonntagnachmittag mit Dick Juno treffen sollte, um ihm klarzumachen, daß sein Leben in Gefahr war. Juno war mit seinem Privatjet eingetroffen und befand sich an Bord seiner Luxusyacht mit dem passenden Namen *Entrepreneur*, die seit seinem Eintreffen im Hafen von Sydney vor Anker lag.

Das Unwetter vom Samstagnachmittag hatte sich zu einem Sturm ausgewachsen. Ein starker Wind drückte die Bäume nieder, und Bäche rannen die Straßen entlang. Carols Scheibenwischer konnte die grauen Regenvorhänge, die ihre Sicht behinderten, kaum beiseite schieben. Mit Mühe entdeckte sie Junos Schiff, das am Pier in der Innenstadt lag. Sie fuhr in eine Parklücke, dann flüchtete sie sich unter das Dach des zweistöckigen Anlegers.

Dick Junos Sicherheitsmaßnahmen waren durchaus angemessen. Zuerst wurde sie am Eingangstor überprüft, dann zum Wächter am Fuß der Gangway weitergereicht. Der entpuppte sich als junge Frau mit harten Gesichtszügen, die aussah, als käme sie aus einer Söldnertruppe, und Carols Aktentasche durchwühlte, sie schließlich durch einen Metalldetektor treten ließ, ehe sie sie die überdachte Gangway hochführte.

Selbst im strömenden Regen nahm sie den Luxus der *Entrepreneur* wahr. Das nasse Messing leuchtete, die Decks waren schneeweiß, und die Mannschaft an Bord trug schneidige Uniform. Die laue Luft unter Deck roch ein wenig nach Politur. Carol wurde durch eine dunkelschimmernde Edelholztür zu einem Salon mit dickem weißem Teppichboden geführt.

„Kommissarin Ashton", meldete die junge Frau, ging hinaus und schloß lautlos hinter sich die Tür.

Dick Juno sprang auf und begrüßte sie. „Ich freue mich, daß Sie kommen konnten", sagte er, als sei sie ein geladener Gast. Mit festem Händedruck schüttelte er ihr die Hand und fuhr fort: „Ihr Polizeidirektor meint, ich sei in Gefahr."

Juno wies mit dem Kopf zu einem bulligen Mann an der in Schwarz und Chrom gehaltenen Bar. Er sprengte fast den engen braunen Anzug und hatte einen gewaltigen Stiernacken. „Nick wird auf mich aufpassen, nicht wahr, Nick?"

Sein Bodyguard grunzte zustimmend.

Dick Juno war zierlich gebaut, hatte dichtes braunes Haar und einen elastischen Körper. Carol hatte ihn einmal im Fernsehen gesehen und erkannte die jungenhafte Art wieder, die suggerierte, alles was er tat, sei eine Eskapade, die ihm Spaß machte. Sie war darauf vorbereitet, ihn unsympathisch zu finden, aber es fiel ihr schwer, in dem zuvorkommenden Mann die kapitalistische Wildsau zu sehen, die bewußt soviel Zerstörung anrichtete.

„Bitte, machen Sie es sich bequem." Er setzte sich und beugte sich interessiert vor. „Was können Sie mir erzählen?"

Carol reichte ihm Fotos von Fitch, Bonnie d'Arlene und Phoebe Yarmelle. „Erkennen Sie jemand wieder?"

„Den hier nicht. Und die hier auch nicht." Er tippte auf Bonnie. „Diese hier kenne ich. Eine Fanatikerin. Tauchte mitten im Amazonasgebiet mit einem Filmteam auf. Ich hab' sie gleich ihren Kram einpacken lassen." Er legte einen Finger an seine Nase. „Ich hatte dort die zuständigen Leute in der Tasche, wissen Sie."

In diesem Moment erwachte die vorher nicht empfundene Antipathie. „Hatten Sie direkten Kontakt mit Ms. d'Arlene?" fragte sie.

„Sie meinen, ob ich mit ihr gesprochen habe?" Juno prustete vor Lachen. „Gott, ich habe genug zu tun, um meine wertvolle Zeit an eine wie die zu verplempern."

„Heißt das nein?"

Er grinste entwaffnend. „Das heißt nein, Kommissarin."

„Bonnie d'Arlene ist zur Zeit in Sydney."

Juno dachte kurz über Carols Erklärung nach. „Besteht die Möglichkeit, sie zu verhaften?" fragte er höflich.

„Sie hat sich nichts zuschulden kommen lassen, was eine Verhaftung rechtfertigt."

Dick Juno maß Carol mit vielsagendem Blick. „Gewiß läßt sich irgendwas finden. Vielleicht ein Verstoß gegen Zollbestimmungen? Ein Problem mit dem Paß?"

„Kreativer Arrest?" fragte Carol mit hochgezogenen Brauen. „Ich fürchte nein."

Er zuckte die Schultern. „Wenn Sie es sagen." Er deutete auf die Bar. „Möchten Sie etwas trinken?"

„Nein, vielen Dank."

„Sie erlauben, daß ich einen Scotch nehme." Juno winkte Nick, der wie ein übergewichtiger Bodybuilder hinter die Bar watschelte. Offenbar verstand Nick sich auf seine Aufgabe, denn im Nu hatte Juno ein Kristallglas in der Hand. Er schwenkte die bernsteinfarbene Flüssigkeit im Glas, die Eiswürfel klickten dumpf. Ein rascher Schluck, dann sagte er: „Ein Serienkiller, der es auf einen Geschäftsmann wie mich abgesehen hat? Halten Sie das wirklich für plausibel?"

„Ich sähe es ungern, wenn Sie für den Beweis herhalten müßten", erwiderte Carol. „Wir bitten Sie lediglich, zusätzliche Vorsichtsmaßnahmen zu treffen. Halten Sie keine feste Routine ein und lassen Sie nicht durchsickern, wann Sie wo sein werden."

Sein Glas schwenkend, musterte er sie mit feinem Lächeln. „Sie sehen nicht wie eine Polizistin aus."

Sie überhörte seine Bemerkung und zeigte auf die bis zum Boden reichenden Fenster der Vorderwand. „Ich empfehle Ihnen, diesen Teil des Raums zu meiden, vor allem abends."

„Warum das?"

Sie deutete durch die verregnete Scheibe zum oberen Stock des Piers. „Ein Scharfschütze da oben braucht Sie nur einen Moment klar ins Visier zu kriegen." Dann fügte sie flapsig hinzu: „Natürlich ein Kopfschuß, damit Sie ein für allemal erledigt sind."

Juno war sichtlich brüskiert. „Ich habe Leibwächter, die sich um so etwas professionell kümmern." Er warf den Kopf zurück und leerte sein Glas in einem Zug, dann hielt er es Nick hin. „Noch einen. Sie haben doch nichts dagegen, daß ich rauche?" Ohne Carols Antwort abzuwarten, gab er Nick ein Zeichen, der mit einem Feuchtigkeitsbehälter zu ihm trat. Juno wählte sorgfältig eine Zigarre aus und schnupperte daran, knipste mit einer kleinen goldenen Guillotine das Ende ab, dann drehte er sie unter der Flamme des Onyxfeuerzeugs.

Als er sich versichert hatte, daß die Zigarre richtig brannte, nahm er Nick den zweiten Scotch ab und lehnte sich bequem in seinen Sessel zurück. „Erzählen Sie mir von diesen Morden."

Carol hatte die Anweisung, Juno zu erklären, warum sein Leben womöglich in Gefahr war, deshalb gab sie ihm eine kurze Zusammenfassung der Fälle, wobei sie sich auf Banning und Danvers konzentrierte, aber sie erwähnte, daß auch Cardover und Guthrie dem gleichen Mörder zum Opfer gefallen sein konnten.

Er hörte aufmerksam zu, nickte gelegentlich. Als sie fertig war, sagte er: „Von Cardover hab' ich gehört, ihn aber nicht kennengelernt. Walter Banning kannte ich gut. Wir hatten die gleichen Interessen, und einmal hat er mir ein sehr profitables Geschäft weggeschnappt." Sein Mund wurde schmal. „Sehr profitabel." Seinem Ton nach zu schätzen, tat Bannings Tod ihm keine Sekunde leid. „Und von den anderen hab' ich nie gehört", erklärte er schließlich schulterzuckend.

„Kennen Sie die Mitglieder Ihrer Crew?"

Bei ihrer Frage klimperte er mit den Lidern. „Die meisten, vermute ich."

„Es wäre klug, zu prüfen, ob in den letzten Monaten jemand neu angeheuert hat."

Jetzt schien Juno die Situation zum erstenmal ernst zu nehmen. „Sie glauben, jemand würde so lange Zeit darauf verwenden? Außerdem haben Sie selbst gesagt, daß der Mörder seine Opfer hier in Sydney gefunden hat, und dieses Schiff ist seit mehreren Wochen auf See. Wer immer es ist, kann ja nicht an zwei Orten gleichzeitig sein."

„Das trifft nur dann zu, wenn es sich um einen Einzeltäter handelt."

Er starrte Carol an. „Wollen Sie mir erzählen, daß hier mehr als ein Verrückter am Werk ist?"

„Das wäre möglich."

„Großer Gott!" sagte er angewidert. „Ziehen Sie die Glacéhandschuhe aus und verhaften Sie diese Bastards." Er stand auf und marschierte im Zimmer auf und ab, wobei er mit dem Glas in der Hand gestikulierte. „Armselige Verlierer, der ganze Haufen. Flennen über die verdammte Umwelt, als gehöre sie ihnen persönlich.“ Er drehte sich zu Carol um. „Und Sie? Was halten Sie von denen? Unter uns gesagt, natürlich.“

„Ich denke, Sie unterschätzen sie, und das könnte fatal sein. Buchstäblich.“

Er lächelte bei ihrer kühlen Antwort. „Wollen Sie nicht bleiben und beim Essen darüber diskutieren? Ich versichere Ihnen, mein Koch ist fabelhaft.“

„Ich bin schon verabredet.“

„Ach, tatsächlich?“ Ein breites Grinsen überzog Junos Gesicht. „Wissen Sie, ich könnte beantragen, Sie als meinen persönlichen Schutzengel abstellen zu lassen. Glauben Sie, daß Ihr Oberpolizist damit einverstanden wäre?“

Ein paar Stunden hatte Carol mit Mark Bourke jeden einzelnen Mordfall durchgesprochen. Angeblich hatte jemand Phoebe Yarmelle in der Nähe von Nowra gesehen, doch das entpuppte sich als Fehlanzeige. Nicht ohne Schuldgefühle überließ sie ihm die weitere Arbeit und fuhr nach Bondi, um Loren zu treffen.

Das Restaurant war ein kleines italienisches Lokal mit rotweißkarierten Tischdecken und einer Stammkundschaft. Es duftete verlockend nach Essen. Ein Ober mit überaus prächtigem Schnauzbart führte sie zu einem Tisch, der in die hinterste Ecke geklemmt worden war. Vorsichtig kostete Carol den roten Hauswein, den Loren als ausgezeichneten Tischwein zum Essen empfahl.

„Und wie war Dick Juno?“ fragte Loren.

„Unsäglich. Er ist so gewöhnt, daß alles nach seiner Pfeife tanzt, daß er glaubt, er braucht nur zu sagen, ich soll sein Bodyguard sein, schon ist es ein fait accompli.“

„Du warst nicht sehr scharf darauf?"

„Eher weniger."

Loren lächelte tückisch. „Ich würde dich auch als Bodyguard nehmen. Noch lieber nachts als tagsüber."

Carol bekam ein Kribbeln im Bauch. Sie wollte gerade antworten, als mit Grandezza ihr Essen serviert wurde. Der überaus reizende Ober sagte ein paar Worte auf Italienisch, worauf Loren antwortete. Eine lebhafte Unterhaltung entspann sich, ehe er an einen anderen Tisch gerufen wurde.

„Ich wußte nicht, daß du Italienisch sprichst", sagte Carol und dachte wieder, wie wenig sie Loren kannte.

„Ich bin gut in Fremdsprachen. Quasi ein Naturtalent."

Reumütig beäugte Carol ihren vollen Teller. „Warum kann ich bei Spaghetti nie widerstehen? Es ist unmöglich, sie einigermaßen stilvoll zu essen."

Loren streute großzügig Parmesan über ihre Pasta. „Ich würde sagen, du tust alles mit Stil, Carol. Sogar Spaghetti essen." Sie kostete einen Mundvoll, und ihr Gesicht strahlte verzückt. „Hm, schmeckt das gut." Nach einer Weile sagte sie: „Erzähl mir alles über Dick Juno."

„Tja... Er ist arrogant und reich. Was noch?"

„Ich würde gern ein Interview mit ihm machen. Er ist guter Stoff, wie ätzend er persönlich auch sein mag."

In diesem Moment klingelte das mobile Telefon in Carols Tasche. Das Telefonieren in Restaurants hatte sie immer als Gipfel der Angeberei empfunden, doch hier saß sie so eingeklemmt in der Ecke an ihrem Tisch, daß sie nicht nach draußen konnte. Sie entschuldigte sich bei Loren und nahm das Gespräch an.

„Bonnie & Fitch sind verschwunden", sagte Bourke. „Offenbar wußten sie, daß wir sie beschatten, und haben eine Fliege gemacht."

Carol hatte nicht genug Personal für eine Rund-um-die-Uhr-Beschattung, sie hatte es eher auf Phoebe abgesehen, wenn sie versuchte, mit den Führern von *Gaia* Kontakt aufzunehmen. „Was ist mit dem Abhören des Telefons?"

„Fehlanzeige, Carol. Fitch und Bonnie d'Arlene wirken vielleicht wie Amateure, aber das sind sie nicht. Wenn die nicht gefunden werden wollen, werden sie's auch nicht."

„Na toll!" sagte Carol. „Jetzt haben wir drei untergetauchte Verdächtige und eine verlockende Zielscheibe."

„Wäre das nicht allzu offensichtlich?" fragte Bourke skeptisch. „Ich meine, während wir uns auf Dick Juno spitzen, hätten sie die ideale Chance, sich auf ein anderes Opfer zu kaprizieren. Aus ihrer Sicht besteht ja kein Mangel an potenziellen Opfern."

„Rate Juno, alles zu seinem Schutz zu unternehmen, Mark. Er legt am Mittwoch in Sydney ab, wenn es das Wetter erlaubt. Insofern sind wir nur noch ein paar Tage für ihn verantwortlich."

„Entschuldige", sagte sie zu Loren und steckte ihr Telefon weg.

„Probleme?"

„Nichts, worüber ich sprechen könnte."

Ein versonnenes Lächeln glitt über Lorens Gesicht. „Du bist eine echte Herausforderung", sagte sie. „Du würdest staunen, wieviel manche Leute verraten, wenn ich sie für einen Artikel interviewe. Manchmal denken sie daran, mir zu sagen, das sei aber nicht für die Öffentlichkeit bestimmt, doch meistens reden sie ganz offen. Du bist nicht so."

„Hättest du gern, wenn ich so wäre?"

„Carol, ich würde dich nicht im geringsten ändern wollen."

Als sie das Restaurant verließen, regnete es noch immer. Carol hatte nie einen Schirm bei sich, duckte sich aber unter Lorens, während sie zu Carols Wagen eilten.

„Wie gut, daß ich mit dem Taxi gekommen bin", Loren schüttelte sich das Wasser aus dem Haar, „und nicht mit meinem Mietwagen. Es ist schon schlimm genug, auf der falschen Straßenseite zu fahren, und wenn es dann noch schüttet, würde ich vielleicht jemanden anfahren."

Carol bezweifelte das. Soweit sie wußte, tat Loren alles energisch und effizient. „Wohin möchtest du?" fragte sie.

Loren schien überrascht. „Wir fahren zu meinem Hotel, oder nicht?" Sie legte Carol die Hand aufs Knie. „Ich hoffe, dir etwas mehr aus meinem Repertoire zu zeigen."

„Verdammt!" Carol stellte die Scheibenwischer hoch. „Wenn es so weiterregnet, wird der Umbau erst nächstes Jahr fertig, das heißt, wenn ich Glück habe." Sie drückte die Radiotaste, um den Wetterbericht zu hören, geriet aber in einen Bericht über Dick Juno.

„Als versierter Segler", erklärte der Kommentator, „beabsichtigt Dick Juno, bei der Segelregatta zu Neujahr von Sydney nach Hobart mit seiner neuen Yacht an den Start zu gehen."

Danach folgte der Wetterbericht, der nicht sehr ermutigend klang. Es gab eine Sturmwarnung für die Südküste von New South Wales, und für die nächsten achtundvierzig Stunden wurde ein Temperatursturz vorhergesagt.

„Ich liebe solches Wetter", sagte Loren. „Bist du schon mal in einem richtigen Sturm gesegelt?"

„Ich bin ein paarmal auf dem Wasser davon überrascht worden, und das war kein schönes Erlebnis." Im Grunde mochte sie Regen nicht, ein paar verregnete Tage waren ja noch erträglich, aber dann fühlte sie sich total genervt.

Das Hotel war trocken, einladend und untertrieben elegant. Lorens Zimmer hatte tagsüber eine herrliche Aussicht auf die Royal Botanic Gardens und Farm Cove. Jetzt am Abend stand nasse Finsternis vor dem Fenster.

Loren bestellte französischen Champagner. „Als Ausgleich für den relativ schlichten Landwein“, erklärte sie. Als er mit zwei eisgekühlten Gläsern gebracht wurde, bestand sie darauf, ihn selbst zu öffnen.

Carol sah zu, wie sie gekonnt die Flasche entkorkte, sie hätte sich gern entspannt und den Augenblick genossen, war aber in Gedanken bei ihren Ermittlungen. Hatten sie bei den Serienmorden irgend etwas übersehen? Bestand vielleicht zwischen Banning und Danvers ein Zusammenhang, der ihnen entgangen war? Hatte sie das Richtige unternommen? Alle Möglichkeiten erwogen? Vielleicht hatte sie sich zu sehr darauf versteift, daß diese *Gaia*-Gruppe involviert war?

„Was liegt dir auf der Seele?“ fragte Loren, während sie den Champagner einschenkte.

„Nur die Fälle, die ich bearbeite. Ich kann sie nicht aus dem Kopf kriegen.“

Loren reichte ihr ein Glas. „Dagegen weiß ich ein Mittel“, sagte sie. „Ich garantiere dir, daß du eine Zeitlang überhaupt nicht zum Nachdenken kommst.“

Im Schlaf sah Loren sehr viel jünger aus. Carol lag nackt neben ihr und zeichnete sachte mit dem Finger die Linie ihres Rückens nach. Loren bewegte sich, lächelte, schlug die Augen auf und war sofort hellwach. „Bleibst du über Nacht?“

„Ich muß nach Hause, um mich umzuziehen. Und um mit dem Bauunternehmer zu sprechen. Solange es regnet, kann er zumindest mit den Innenarbeiten fortfahren.“

Sinker erwähnte sie nicht. Sie hatte ihm einen vollen Napf hingestellt und war sicher, daß er sich nicht gelangweilt, sondern das getan hatte, was er sonst nicht durfte.

„Ehe du gehst", sagte Loren und schlang die Arme um Carols Hals, „ein letztes Mal."

Sie erforschten noch immer die Geheimnisse des anderen Körpers, machten aber beachtliche Fortschritte. Carol hatte bisher noch keine Geliebte gehabt, die so vernehmlich war, so hemmungslos und sexuell so fordernd.

„Worüber lächelst du?" fragte Loren.

„Ich hab' gerade gedacht, daß du zuviel für mich bist."

Carol erwartete eine flapsige Antwort, doch Loren stützte sich auf den Ellbogen und sah sie ernst an. „Ich bin nicht zuviel für dich", entgegnete sie, beugte sich vor und küßte Carol sanft. „Nicht mal annähernd."

18

„Ich habe gestern abend mit Dick Juno persönlich gesprochen", erklärte Bourke. „Er betrachtet das Ganze eher als Scherz und machte ein paar Witze über Ökofreaks."

Carol unterdrückte ein Gähnen und griff nach ihrem Kaffeebecher. Eine geballte Ladung Coffein würde den fehlenden Schlaf ersetzen müssen. „Tom Keys hat heute morgen in seiner Zeitung einen Artikel über Gerald Fitch und *Gaias Rache* gebracht", sagte sie. „Ich habe ihn nur überflogen, aber er strotzt ja vor Sendungsbewußtsein. Mir scheint, ihn nimmt niemand so richtig für voll."

„Die gegenwärtige Theorie in den Medien ist, daß ein Serienmörder frei herumläuft, der es auf Berühmtheiten abgesehen hat“, sagte Bourke mit zynischem Lächeln. „Und weil normale Leute sich vor ihm sicher fühlen, feixen sie bei dem Gedanken, daß sich jemand an diesen reichen Säcken oder, wie im Fall Danvers, an spinnerten Wissenschaftlern vergreift, die unschuldige Tiere quälen.“

Carol rieb sich die Schläfen, um den beginnenden Kopfschmerz wegzumassieren. „Wir sind keinen Schritt weitergekommen und befinden uns noch immer am gleichen Fleck wie nach dem Mord an Banning“, sagte sie. „Ich werde das Gefühl einfach nicht los, daß wir hier ausgetrickst werden, vielleicht von Bonnie d'Arlene und Co.“

„Sie suchen die Gelegenheit, Publicity zu kriegen, die nichts kostet“, entgegnete Bourke. „Ich kann mir eigentlich nicht vorstellen, daß sie die Morde organisieren. Wer immer dafür verantwortlich ist, ist sehr raffiniert.“

„Oder hat Glück gehabt.“

Loren kam in Carols Büro, sie sah aus wie nach einem erfrischenden Schönheitsschlaf. „Kann ich einen Moment stören?“

Bourke plauderte noch ein paar Minuten, ehe er sich verzog. Loren setzte sich auf den freigewordenen Stuhl. „Leider kann ich dich heute abend nicht sehen. Der Abgabetermin für einen Ökotourenartikel wurde vorgezogen, und ich muß ihn heute nacht fertig schreiben.“

„Ich bin enttäuscht“, sagte Carol, „aber vielleicht brauche ich eine Mütze voll Schlaf.“

Loren blickte sie nachdenklich an. „Was hältst du von *Gaias Rache?*“

„Von der Organisation oder der Idee, die dahintersteckt?“

„Beides.“

Carol nahm ihren goldenen Stift und spielte damit. Lorens Ausdruck verriet, daß sie eine ernsthafte Antwort erwartete, deshalb überlegte Carol eine Weile. „Ich muß zugeben, daß ich Menschen bewundere, deren Glauben an eine Sache so stark ist, daß sie alles dafür tun. Und ich unterstütze Umweltschutz im allgemeinen. Ich weiß nicht, ob radikale Aktionen das Richtige sind, und es liegt auf der Hand, daß ich mit Gesetzesbrüchen nicht einverstanden sein kann, selbst wenn ich mit manchen Motiven dieser Gesetzesbrecher sympathisiere."

„Was ist mit der Exekution von Rad Danvers?"

Carol verzog das Gesicht zu einem halben Lächeln. „*Exekution?* Die Verwendung dieses Wortes rechtfertigt die Tat. Dr. Danvers wurde ermordet."

„Und die Tiere, mit denen er experimentiert hat? Wurden sie nicht gequält und schließlich umgebracht, um irgendwelchen Pharmakonzernen, die Danvers für die Durchführung der Tierversuche bezahlten, Informationen zu liefern?"

Carol schnitt eine Grimasse. Die Käfige mit den toten Affen hatten sie sehr viel betroffener gemacht, als ihr anfangs bewußt war. „Solche Tierversuche sind entsetzlich, und wenn sie unnötig sind, sollten sie verboten werden. Was Danvers betrifft, kann ich mich des Gefühls nicht erwehren, daß die Welt ohne ihn besser dran ist, doch das rechtfertigt nicht seinen Mord."

Loren nickte, als hätte Carol genau das gesagt, was sie von ihr erwartete. „Treffen wir uns kurz heute abend, ehe ich mich an die Arbeit mache, um meine Brötchen zu verdienen."

Carol hatte den ganzen Tag am Schreibtisch verbracht und war am Spätnachmittag abgespannt und entmutigt. Diese letzten anderthalb Wochen waren die frustrierendsten ihrer kriminalistischen Laufbahn. Die Morde waren so rasch nacheinander erfolgt und, wie sie zugeben mußte, außerordentlich effizient: Walter Banning erschossen, Eric Cardover durch eine tödliche Injektion beseitigt, Rad Danvers erschossen. Und was den Tod Edward Guthries betraf, war sie überzeugt, daß es nie einen definitiven Beweis gäbe, ob er vorsätzlich oder, wie in den Akten geführt, versehentlich erschossen wurde.

Wenn Dick Juno etwas zustieße, wäre das der vierte Mord innerhalb von ein paar Tagen. Insgesamt wurden in New South Wales im Durchschnitt jährlich weniger als hundert Menschen umgebracht, und Carol war nicht sehr erpicht darauf, daß ihre Fälle sich zu einer statistischen Anomalie auswuchsen.

Um sechs Uhr packte sie zusammen und traf sich mit Loren in dem Café um die Ecke, das zu Carols Lieblingslokalen gehörte. Es war nicht sehr voll, vielleicht weil kein Ende des Regens abzusehen war. Deshalb hatten sie eine ganze Ecke für sich allein. Loren war geistesabwesend, und Carol bestritt überwiegend die Unterhaltung. Um sieben sah Loren auf ihre Uhr. „Es tut mir leid, aber ich muß jetzt wirklich gehen."

Draußen gab sie Carol zum Abschied rasch einen Kuß. Carol sah ihr nach, wie sie selbstsicher mit elastischem Schritt davonging. Sie drehte sich um, winkte, dann war sie verschwunden.

Am nächsten Morgen auf dem Jugendgericht wurde Carol auf eine echte Geduldsprobe gestellt. Die lauten Flure rochen nach feuchter Kleidung, mindestens zweimal wäre sie beinahe von einem Regenschirm aufgespießt worden, und die meisten Leute, die den Wartebereich bevölkerten, wirkten ängstlich oder trotzig oder beides. Sie wartete eine halbe Stunde, ehe Justin mit David und Eleanor auftauchte. „Ist unser Mann schon hier?“ fragte er Carol, den Lärm übertönend.

„Ich hab’ keine Ahnung.“ Sie gestikulierte zu den überfüllten Fluren. „Die halbe Welt scheint heute morgen herbestellt zu sein.“

Carol war nicht zum ersten Mal im Jugendgericht, nur war sie bisher immer in ihrer Funktion als Kommissarin erschienen. Es war ein gewaltiger Unterschied, plötzlich als Elternteil betroffen zu sein und der Justiz Folge leisten zu müssen. Sie legte David, der schweigsam und bleich war, den Arm um die Schultern. „Bald ist alles vorbei.“

Justin entfernte sich und kam nach wenigen Minuten zurück. „Alles geregelt. Um zehn Uhr sind wir dran.“ Er klopfte seinem Sohn auf die Schulter. „Tu uns das bloß nicht noch einmal an.“

Sie waren kaum im Gerichtssaal, als die ganze Verhandlung auch schon vorüber war. David gestand seine Schuld ein, Papiere wurden verlesen, David bekam seine Verwarnung, und da es sein erster Verstoß gegen das Gesetz war, entließ man ihn in die Obhut seiner Erziehungsberechtigten.

Sobald sie draußen waren, taute David wieder auf. „So schlimm war das gar nicht“, sagte er, als hätte seine Stimme vor Gericht nie gezittert. Doch ein Blick in Carols Gesicht genügte, und hastig fügte er hinzu: „Ich habe es wirklich ernstgenommen, Mum.“

Justin und Eleanor luden Carol zum Brunch ein, doch sie lehnte ab, erinnerte David an sein Versprechen, Tante Sarah und Sybil anzurufen und ihnen zu berichten, wie die Verhandlung verlaufen war, dann umarmte sie ihn und eilte zu ihrem Wagen. Der Regen hatte nachgelassen, doch der letzte Wetterbericht sagte weitere Unwetter voraus.

Besorgt wählte sie die Nummer von Lorens Hotel. Gestern nacht hatte Carol versucht, sie anzurufen, aber nur den Anrufbeantworter ihres Hotelzimmers erreicht. Sie hatte sich gedacht, daß Loren nicht gestört werden wollte, bekam sie aber auch heute morgen nicht an die Strippe. Wieder sprach sie ihr eine Nachricht auf Band.

Dann rief sie Bourke an. „Ich bin in einer halben Stunde im Büro. Gibt's was Dringendes?"

„Ein Nick Paramentis bittet um deinen Rückruf."

Carol war sofort alarmiert. „Das ist Dick Junos Bodyguard. Hat er gesagt, was er will?"

„Nein. Nur daß er dich sprechen muß."

Sie notierte die Nummer und wählte sie. Der Leibwächter meldete sich augenblicklich. „Hier ist Nick."

„Kriminalkommissarin Ashton am Apparat. Sie wollten mich sprechen?"

„Ja. Mr. Juno ist die ganze Nacht nicht nach Hause gekommen, und ich habe auch heute morgen nichts von ihm gehört. Das ist ganz ungewöhnlich."

„Wohin ist er gegangen?"

Nick lachte dröhnend. „Er hat sich mit einer hübschen Dame verabredet und mich nicht gebeten, mitzukommen. Ich hätte wohl etwas gestört."

„Wissen Sie, wie sie heißt?"

Die Frage fand er noch lustiger. „Gott, nein! Mr. Juno trifft seine privaten Verabredungen immer selbst. Ich hab' sie nicht zu Gesicht bekommen."

„Ein Callgirl?"

„Ich schätze ja. Bestimmt sieht sie gut aus, Mr. Juno steht auf Blondinen. Wie Sie ja vielleicht selbst gemerkt haben."

„Ist es möglich, daß er für die Nacht ein Hotelzimmer genommen hat und noch immer dort ist?"

„Keinesfalls. Mr. Juno hat für heute morgen ein paar wichtige Telefonate vereinbart. Die hätte er nicht einfach so verpaßt. Irgendwas stimmt da nicht."

„Inspektor Bourke wird sich gleich bei Ihnen melden. Geben Sie ihm sämtliche Details. In zwanzig Minuten treffe ich Sie am Pier. Ich will mit allen sprechen, die gestern abend gesehen haben, wie Mr. Juno von Bord ging."

Carol rief Bourke an, damit er Nick kontaktierte, sobald er Kripochef Edgar von Junos Verschwinden unterrichtet hatte. „An Kidnapping glaube ich nicht, trotzdem möchte ich, daß Junos Telefone angezapft werden. Schick sofort ein paar Leute hin."

Sie ließ ihren Wagen an und fädelte sich in den Verkehr ein, der sich nur langsam durch die überfluteten Straßen quälte. Daß Juno mit einem Callgirl verabredet war, wunderte sie nicht sehr, auch wenn es sich dabei durchaus um einen Lockvogel handeln konnte; was sie wunderte, und zwar in höchstem Maße, war, daß er freiwillig die Sicherheit seiner Yacht verließ, obwohl sie ihm ausdrücklich zur Vorsicht geraten hatten. Er stand in dem Ruf, den Nervenkitzel zu suchen, und Carol dachte sarkastisch, daß es diesmal vielleicht einer zuviel gewesen sein könnte.

Natürlich bestand die Möglichkeit, daß Nick sich irrte und Juno sich irgendwo mit einer gefügigen Bettgefährtin verlustierte, doch Carols Instinkt sagte ihr, daß ihm etwas sehr Unerfreuliches zugestoßen war. Wer konnte Juno weggelockt haben, um ihn zu ermorden? Bonnie d'Arlene kam nicht in Frage. Schließlich kannte er sie nicht nur, sie war auch absolut nicht sein Typ. Mit Phoebe Yarmelle war das schon etwas anderes. Carol konnte sich vorstellen, daß Juno ihre großen blauen Augen und ihre Kleinmädchenstimme attraktiv fand.

Mit besorgtem Gesicht erwartete Nick sie unten an der Gangway. „Ich weiß, daß ihm etwas passiert ist“, sagte er. „Er hätte mich mitnehmen sollen, Mädchen hin oder her.“

„Inspektor Bourke überprüft sämtliche Krankenhäuser, um sicherzustellen, daß Mr. Juno keinen Unfall erlitten hat.“ Sie verschwieg, daß Bourke sich auch beim Leichenschauhaus erkundigte.

Nick führte sie in den Salon, in dem sie sich am Sonntag mit Juno getroffen hatte. „Die Leute, die Sie sprechen wollten.“

Die junge Frau mit den harten Zügen war da, ein älterer Mann im Overall und ein Schiffsoffizier in tadelloser Uniform.

„Mr. Juno ist kurz nach sieben von Bord gegangen. Er war allein. Es regnete und war dunkel, aber er hat nicht nach seinem Wagen verlangt“, erklärte die junge Frau, ehe Carol fragen konnte.

„Hat er irgendeine Andeutung gemacht, wohin er ging?“

Sie zögerte, dann sagte sie. „Ich habe gehört, wie er telefonierte. Er hat sich mit jemand verabredet.“

„Mann oder Frau?“ fragte Carol.

Ein kleines Lächeln huschte über ihr Gesicht. „Eine Frau. Er hat mit ihr geplaudert. Ich glaube, sie hat ihn zu irgend etwas herausgefordert. Zu was weiß ich nicht.“

Die beiden anderen bestätigten, daß Mr. Juno in Jeans und Lederjacke die Gangway herabgekommen und pfeifend davongegangen sei. Das war das letzte, was irgend jemand von ihm gesehen hatte.

„Hat er im Lauf des Abends angerufen und sich nach irgendwelchen Nachrichten erkundigt?“

Die Antwort war negativ. Carol stellte noch ein paar Fragen, doch es war klar, daß nichts weiter dabei herauskäme. „Ich lasse alle Gespräche vom und aufs Schiff abhören", sagte sie zu Nick.

Der schüttelte den Kopf. „Wenn Sie an Kidnapping denken, irren Sie sich. Bisher hat niemand Geld gefordert, und das wäre inzwischen der Fall." Er machte ein bekümmertes Gesicht und sagte: „Er ist tot. Ich weiß es."

Als Carol wieder im Wagen saß und sich den Wirbel der Medien über Junos Verschwinden vorstellte, bekam sie schon jetzt eine Gänsehaut. Nur mit halbem Ohr hörte sie der Nachrichtensprecherin im Radio zu, die erklärte, sie hätte eine Sensationsmeldung zu berichten. „Unbestätigten Berichten zufolge ist der Multimillionär Dick Juno offenbar entführt worden. Mr. Juno hält sich aus geschäftlichen Gründen in Sydney auf. Außerdem hatte er die Absicht, die Teilnahme seiner neuen Segelyacht mit dem Namen *Capitalist's Dream*, die gerade in San Diego, Kalifornien, seetüchtig gemacht wird, an der strapaziösen Segelregatta von Sydney nach Hobart bekanntzugeben."

San Diego, Kalifornien. Carol war als Touristin einmal dort gewesen. Die Stadt lag nahe an der mexikanischen Grenze. Loren hatte gesagt, daß sie dort am Meer aufgewachsen war.

„O Gott!" entfuhr es Carol.

19

Schnurstracks ging Carol zu ihrem Schreibtisch und zog den Bericht über Loren aus ihrer obersten Schublade, Während sie die Seiten überflog, wurde ihr ganz flau im Magen. *Geboren in Yorba Linda, Kalifornien. Studium an der Universität von Los Angeles.* Was hatte Loren gesagt, als sie Carol versicherte, eine Segelexpertin zu sein? Sie hatte den Satz noch im Ohr: „Ich bin in San Diego, Kalifornien, aufgewachsen und konnte segeln, ehe ich laufen konnte."

Carol scheuchte Sam Goolwa auf, der an seinem Schreibtisch ein Eier-mit-Speck-Sandwich verspeiste, und sagte ihm, er solle in den Vereinigten Staaten anrufen, und die biografischen Angaben bis ins Detail überprüfen. „Aber es ist dort mitten in der Nacht", protestierte er.

„Es ist mir wurscht, wen Sie aus dem Schlaf reißen. Das hier hat oberste Priorität."

Dann verbrachte sie frustrierende zwanzig Minuten damit, einen Verantwortlichen in dem Yachthafen aufzutun, wo Lorens geliehenes Boot lag. Als sie das Gespräch beendet hatte, fühlte sie sich hundeelend. Loren hatte die *Sea Song* keineswegs von einem Freund geborgt, sondern sie zu einem sehr stolzen Preis für einen Monat gechartert. Und sie war nicht an ihrem Liegeplatz. „Gott", sagte der Typ vom Hafen, „bei dem Wetter würde ich nicht rausfahren, nicht für eine Million Dollar."

Der Manager von Lorens Hotel war nicht sehr aufgeschlossen, so daß Carol ein ernstes Wort mit ihm reden mußte, ehe sie Anne ins Hotel schickte. „Der Manager erwartet Sie. Er wird Ihnen Loren Reeces Zimmer öffnen. Sehen Sie sich um und rufen Sie mich an. Benutzen Sie Ihr mobiles Telefon und rühren Sie nichts an."

In diesem Moment kam Bourke herein und fragte besorgt: „Carol, was ist los?"

„Loren Reece. Ich hoffe, ich irre mich, aber ich kann sie nicht auftreiben, es gibt Unstimmigkeiten in ihrer Biografie, und die Yacht, die sie gechartert hat, ist nicht an ihrem Liegeplatz."

„Du willst mich veralbern, nicht wahr?“ Er wischte sich mit der Hand übers Gesicht. „Sie hat Dick Junos Geheimnummer von mir.“

Kripochef Edgar erschien in der Tür. „Was zum Teufel geht hier vor, Carol? Woher wissen die Medien so plötzlich von dieser Sache mit Juno? Und was tun Sie, um den Mann aufzuspüren?“

Mit wachsender Ungeduld hörte er sich Carols Schilderung der Situation an. „Das mit Loren Reece ist völliger Quatsch. Sie kennt nicht nur den Premier, sie ist akkreditierte internationale Journalistin, verdammt noch mal!“

Er belferte noch ein wenig herum, dann marschierte er davon, sie über die Schulter anherrschend: „Und halten Sie mich auf dem Laufenden. Bis ins Detail.“

Bourke schnitt eine Grimasse hinter seinem Rücken. „Kein Wunder, daß er sich aufregt. Der Polizeidirektor wird ihm eine Kopfnuß verpassen, daß er die Engel im Himmel singen hört.“ Und zu Carol gewandt: „Ich schicke Miles Li zum Yachthafen. Vielleicht hat irgendwer irgendwas Brauchbares gesehen.“

„Haben wir ein Foto von Loren, das er mitnehmen kann?“

„Es war keins in den Unterlagen. Ich werde bei der Pressestelle des Premiers nachfragen.“

Carol hatte plötzlich ein Bild vor Augen: Sie sah die Fernsehkameras vor dem Gebäude von Danvers und wie Loren hinter dem aufgespannten Schirm in Deckung ging. „Ich glaube nicht, daß es ein Foto gibt“, sagte sie.

Anne rief an und teilte ihr die erwartete Nachricht mit: Loren Reece hatte ihre Sachen gepackt und war mit Paß und Papieren verschwunden. In ihrem Zimmer fanden sich keine persönlichen Dinge, kein Blatt im Papierkorb, nichts von Interesse. Trotz der Einwände des Managers hatte Anne das Zimmer versiegelt, bis die Spurensicherung es auf Fingerabdrücke untersucht hatte.

Nach der *Sea Song* lief eine Großfahndung. Die Küstenwache hatte Order, das Boot zu suchen, obwohl der Wind die Wellen hochpeitschte und die Sicht erschwerte. Sydney Harbour mit seinen unzähligen Buchten und Wasserläufen wurde abgesucht, ob die Yacht heimlich an einem anderen Liegeplatz festgemacht hatte.

In den Nachmittagsnachrichten hatten Gerald Fitch und Bonnie d'Arlene, die aus der Versenkung aufgetaucht waren, ihre großen Auftritte mit provokanten Statements über Dick Juno. Mit geheucheltem Ernst erklärten beide, sie hofften nicht, daß Mr. Juno etwas zugestoßen sei, deuteten aber unüberhörbar an, daß die Erde sich auf magische Weise für seine destruktiven Aktivitäten gerächt hätte. In denselben Nachrichten setzte Junos Unternehmen eine Belohnung von zehn Millionen Dollar für seine unversehrte Freilassung aus.

Carol hatte ihr Mittagessen nicht angerührt. Ihr war, als hätte es ihr ein für allemal den Appetit verschlagen. Angewidert starrte sie auf das Hühnchensandwich, das Bourke ihr mit einem Becher Kaffee aus dem kleinen Café um die Ecke mitgebracht hatte, als er hereinkam, um ihr zu sagen, daß Phoebe Yarmelle draußen wartete.

Dies war eine ganz andere Phoebe als die, die Carol kennengelernt hatte. Sie trug Tennisschuhe, Jeans und Pullover, war ungeschminkt und hatte ihr dickes kastanienbraunes Haar zu einem Pferdeschwanz hochgerafft.

„Sie haben mich vielleicht gesucht", sagte sie und sah von Bourke zu Carol. Ihre Stimme klang wie sonst: hoch und piepsig und irgendwie unschuldig. Allerdings war unschuldig das letzte Adjektiv, das Carol bei ihr in den Sinn gekommen wäre.

„Sie kennen Loren Reece, wie sie sich nennt", sagte Carol ihr auf den Kopf zu.

„Nein, kenne ich nicht." Sie starrte Carol herausfordernd an. Dann sagte sie locker: „Ich denke, Sie werden wissen wollen, ob ich ein Alibi für die Zeit des Verschwindens von Mr. Juno habe. Das habe ich und gebe es Ihnen gern."

Ein kleines Lächeln umspielte ihre Lippen. „Die letzten achtundvierzig Stunden habe ich in Queensland verbracht. Gestern wurde ich bei einer Demonstration in Brisbane vor dem Gebäude der Firma von Edward Guthrie verhaftet. Sie erinnern sich vielleicht, daß er vor kurzem durch einen Unfall ums Leben kam. Jedenfalls war ich in Polizeigewahrsam, bis ich heute morgen dem Schnellrichter vorgeführt wurde und gegen Kaution freikam. Ich bin vor einer Stunde mit einer Qantasmaschine in Sydney gelandet. Hier ist mein Ticket."

Carol überließ Bourke die weitere Vernehmung, doch an ihrem Alibi war offensichtlich nicht zu rütteln. Bourke brachte Phoebe hinaus und kam dann zurück. „Sie haben uns wie einen Fisch an der Angel gehabt und ausgetrickst. Das Ganze war eine abgekartete Sache."

Carol nickte, erschöpft bis auf die Knochen. „Diese Amateurgruppe *Gaias Rache* hat eine höchst professionelle Verschwörung durchgezogen. Ich habe keinen Zweifel, daß Fitch, Bonnie d'Arlene und Phoebe Yarmelle allesamt involviert sind, aber solange sie dichthalten, wird es uns schwerfallen, das zu beweisen."

„Vielleicht ist Geld der Schlüssel zum Ganzen", sagte Bourke. „Sie müssen Loren einen ordentlichen Batzen hingeblättert haben."

Loren. Allein schon der Name wurmte sie heftig. Sie fühlte sich leer, so unwirklich, als sei das alles jemand anders passiert. Es gab keinen handfesten Beweis – vielleicht gab es den nie –, trotzdem wußte Carol mit kühler Gewißheit, daß Loren sie verlassen und einen Mord begangen hatte.

Als sie das erstemal zusammen zum Essen gegangen waren, hatte Loren sich anschließend vor dem Hotel von Carol verabschiedet, war hineingegangen, dann wieder herausgeschlüpft und nach Ultimo gefahren, um Rad Danvers zu töten. Und gestern abend, als sie sich zu Carol umdrehte und winkte, war sie auf dem Weg zu Dick Juno gewesen, um ihn zu treffen und umzubringen.

Nur mit Mühe richtete sie ihre Gedanken wieder auf die vor ihr liegende Arbeit. „Hast du die Behörden in Übersee informiert? Interpol? Bestimmt gibt es eine Übereinstimmung mit den Opfern auf *Gaias* Webseite und Lorens Aufenthalten in den verschieden Ländern."

„Ich glaube es ja noch immer nicht", sagte Bourke. Er lachte bedauernd. „Gott, sie war so verdammt *nett*."

Am Spätnachmittag hatte Goolwa die Antwort aus den Vereinigten Staaten. Bourke und Carol lasen schweigend miteinander den Bericht. Im Alter von sechs Jahren war Loren Reece gemeinsam mit ihren Eltern auf einem unbeschrankten Bahnübergang von einem Zug erfaßt und getötet worden. Vor fünf Jahren hatte jemand ihre Identität angenommen, sich ihrer Geburtsurkunde und Sozialversicherungsnummer bedient, einen kalifornischen Führerschein und einen Paß beantragt, ein Bankkonto eröffnet und sich Kreditkarten ausstellen lassen.

Die Frau, die sich Loren Reece nannte, hatte Arbeitsnachweise erfunden, aber sie war unbestreitbar eine talentierte Journalistin, die tatsächlich für einige der in ihrer Biografie aufgeführten Zeitschriften gearbeitet hatte. Wie immer ihr richtiger Name lautete, sie war wirklich eine bekannte freie Journalistin, auf ihrem Gebiet anerkannt und geachtet.

Kurz vor Dunkelheit wurde vor der Küste nördlich von Sydney das Wrack einer Yacht gesichtet. Dick Junos Leichnam entdeckte man erst am nächsten Morgen, die hohen Wellen hatten ihn gegen die Felsen in Ufernähe gespült. Er war in den Kopf geschossen worden.

Durch die Kraft des Meeres zertrümmert, wurden die Wrackteile der *Sea Song* im Laufe der nächsten Tage angetrieben. Der Leichnam von Loren Reece wurde nicht gefunden.

20

Carol zerzauste ihrem Sohn das Haar. „Alles fertig“, sagte sie und musterte zufrieden ihr Haus. Die Frühlingsluft an diesem Samstagmorgen war warm, die Vögel trällerten, und die restlichen Baumaterialien waren abtransportiert worden.

Tante Sarah, deren weißes Haar das gebräunte Gesicht wie ein Kranz umgab, wedelte mit dem Grillbesteck. „Sollen wir jetzt Feuer machen? Wann erwartest du deine Gäste?“

„Ich habe zwölf Uhr gesagt. Das bedeutet, daß Mark und Pat zehn Minuten früher eintreffen werden, aber bis dahin bleibt uns noch eine gute Stunde“, erklärte Carol.

Sie verachtete Gasgrills und hatte sich einen Außenkamin mit großem Stahlgrill mauern lassen. Der einzige Nachteil war, daß das Feuer lange vorher entfacht und gehütet werden mußte, ehe gegrillt werden konnte. Sie hatte morgens mit David reichlich Feuerholz aus dem Busch angeschleppt und es bereits aufgeschichtet, so daß es nur angezündet werden mußte.

„Ich mache Feuer", sagte David.

Tante Sarah tauschte mit ihm den Platz und fragte Carol: „Hast du Sybil eingeladen?"

„Ja." Als sie sah, wie ihre Tante sich freute, runzelte Carol die Stirn. „Sie kommt als Freundin, das ist alles." Von ihrer Überraschung, daß Sybil die Einladung zum Einweihungsfest ihres Hauses im Freundeskreis überhaupt angenommen hatte, sagte sie nichts.

„Das ist doch ein Anfang", erwiderte ihre Tante. Dann hob sie die Hand. „Schon gut. Ich sage kein Wort mehr dazu."

Sie schlenderten zusammen herum und inspizierten den frisch angelegten Garten.

„Du bist abgemagert", bemerkte Tante Sarah. „Dieser Reece-Fall hat dir richtig zugesetzt, stimmt's?"

„Das war eine harte Nuß." Untertrieben gesagt, dachte Carol. Monatelange Kleinarbeit hatte nur wenige Resultate erbracht. In Lorens Hotelzimmer hatte es keine brauchbaren Fingerabdrücke gegeben, Carol hatte gehofft, sie auf den Bildern zu entdecken, die Loren in Pats Galerie gekauft und Freundinnen geschenkt hatte. Aber sie hatte die Gemälde einem städtischen Tierheim gespendet, wo sie meistbietend versteigert wurden.

Carol war nicht gelungen, einen konkreten Zusammenhang zwischen Loren und *Gaias Rache* nachzuweisen, trotzdem war sie überzeugt, daß eine enge Zusammenarbeit bestanden hatte. Und die Person Loren Reece war bei genauer Prüfung sowohl in Australien als auch in Übersee zu einem Nichts dahingeschmolzen.

Loren hatte sich problemlos in einem Netz von Kontakten und Freunden bewegt, die sie gut zu kennen glaubten, doch im Grunde kannte sie niemand.

Die Akten Banning, Cardover und Juno wurden nicht geschlossen, aber Carol gab sich keiner Hoffnung hin, daß die Fälle offiziell aufgeklärt würden. Auch wenn Carol Jonathan Cardover für überaus ehrgeizig und lieblos hielt, glaubte sie nicht mehr, daß er etwas mit dem Tod seines Vaters zu tun hatte.

Auch die Morde in Übersee konnten Loren nicht angehängt werden und blieben ebenfalls unaufgeklärt, obwohl sie sich nachweislich in etlichen Fällen zur fraglichen Zeit in den jeweiligen Ländern aufgehalten hatte.

„Das schöne Biest", hieß Loren Reece in den Medien, sie schilderten sie als Rächerin für die Zerstörung der Natur. Die große Aufregung hatte sich mittlerweile gelegt, aber Carol war sicher, daß die Geschichte in unregelmäßigen Abständen wiederbelebt und jedesmal unheimlicher würde.

Carol sah auf ihre Uhr. „Ich erwarte eine E-mail aus den Staaten. Dort ist noch immer Freitag." Sie war darin bestärkt worden, einen Spezialausbildungskurs beim FBI zur Profilerstellung von Serientätern zu beantragen. Der Polizeidirektor persönlich hatte ihrem Antrag seinen Segen gegeben, und sie wußte, daß es zum Teil mit der Enttäuschung über die Reece-Sache bei der Kripo zu tun hatte. Carol fühlte sich hin und her gerissen – einerseits widerstrebte es ihr, andererseits war sie durchaus gespannt –, aber damit würde sie auch den Druck und die Erfolgserwartungen los, die jeden Tag auf ihr lasteten. Carol erkannte recht klar, daß sie so an Erfolg gewöhnt war, daß dieses Versagen jetzt für sie um so bitterer und demoralisierend war.

Sie setzte sich an die Küchenbar und schaltete ihr Notebook ein. Erfreut sah sie das FBI auf der Liste der empfangenen Nachrichten. Ehe sie sie anklickte, überflog sie rasch die anderen. Zwischen der Werbung befanden sich ein internationaler Newsletter der Polizei, den sie abonniert hatte, und ein paar Nachrichten aus ihrem Freundeskreis. Dann kam eine, die ihr nichts sagte. Neugierig klickte sie sie an und erstarrte.

Ich wollte dir nicht Lebewohl sagen. Ich denke jeden Tag an dich. Täglich vermisse ich dich. Sollte es je in der Zukunft die Möglichkeit geben, daß wir uns treffen können, werde ich alles dafür tun, Carol. In meiner ganzen Welt, meiner ganzen Erfahrung bist es nur du.

Carol mußte nicht erst die Unterschrift lesen.

Loren.

Claire McNab im Verlag Frauenoffensive

Die Carol-Ashton-Krimis:

Der Trick
ISBN 3-88104-332-2

Überfällig
ISBN 3-88104-321-7

Kettenbrief
ISBN 3-88104-309-8

Geheimer Kreis
ISBN 3-88104-290-3

Marquis läßt grüßen
ISBN 3-88104-277-6

Bodyguard
ISBN 3-88104-264-4

Das Ende vom Lied
ISBN 3-88104-242-3

Ausradiert
ISBN 3-88104-217-2

Tod in Australien
ISBN 3-88104-214-8

Die Romane:

Stummes Herz
ISBN 3-88104-269-5

Unter dem Kreuz des Südens
ISBN 3-88104-247-4

Verlag Frauenoffensive

Offensive Krimis – eine Auswahl

Angelika Aliti
Die Sau ruft
ISBN 3-88104-297-0
Kein Bock auf Ziegen
ISBN 3-88104-310-1
Heißes Herz
ISBN 3-88104-333-0

Kate Calloway
Erster Eindruck
ISBN 3-88104-292-X
Zweite Geige
ISBN 3-88104-299-7
Dritter Grad
ISBN 3-88104-304-7
Vierter Anlauf
ISBN 3-88104-315-2
Fünftes Rad
ISBN 3-88104-322-5
Sechster Sinn
ISBN 3-88104-327-6

Ellen Hart
Höflicher Beifall
ISBN 3-88104-298-9
Kleine Opfer
ISBN 3-88104-272-5
Tödliche Medizin
ISBN 3-88104-257-1
Lampenfieber
ISBN 3-88104-243-1
Winterlügen
ISBN 3-88104-237-7
Dünnes Eis
ISBN 3-88104-229-6
Räuberwein
ISBN 3-88104-326-8

Janet McClellan
Kansas City-Bomber
ISBN 3-88104-305-5

Verlag Frauenoffensive